COLLECTION FOLIO

Catherine Lépront

Une rumeur

Gallimard

Catherine Lépront est écrivain. Son premier roman, *Le tour du domaine*, date de 1983. Entre 1983 et 1994, elle a écrit quatre romans (*Une rumeur, Le retour de Julie Farnèse, La veuve Lucas s'est assise, Un geste en dentelle*), un document (*Charente-Maritime*), un recueil de nouvelles (*Partie de chasse au bord de la mer*), un récit autobiographique (*Le passeur de Loire*), un recueil de récits (*Trois gardiennes*, prix Goncourt de la nouvelle 1992) — tous ouvrages publiés aux Éditions Gallimard — et une biographie (*Clara Schumann* aux Éditions Robert Laffont).

Auteur d'une pièce radiophonique, de scénarios, de dramaturgies, elle a traduit et adapté pour le théâtre *L'étrange intermède* d'Eugene O'Neill, adapté *La vie bien qu'elle soit courte* de Stanislav Stratiev (Éditions Actes Sud) et *Femmes devant un paysage fluvial* de Heinrich Böll.

Catherine Lépront a été chroniqueur de littérature étrangère à *Sud-Ouest Dimanche*, et a collaboré à *L'Avant-Scène Opéra*.

Elle est actuellement corédactrice de la revue *Quai Voltaire-Revue littéraire* et lectrice aux Éditions Gallimard où elle travaille également au service des traductions.

J'appartiens au profond silence,
c'est le climat qui me convient.

FRANZ KAFKA
Lettres à Milena

I

La nuit se défaisait lentement et le ciel couleur d'anthracite était bas, presque à portée de la main de Victor, comme si quelqu'un avait soulevé la lourde toile grise d'un décor pour installer des lampes et l'avait laissée retomber, enfermant ainsi la lumière.

C'était à peine le jour, plutôt une figuration maladroite et imparfaite du jour, un de ces matins ténébreux qui lui évoquaient sa chambre d'enfant quand la lueur artificielle de l'éclairage public passait à travers les fentes de ses stores et donnait aux vêtements jetés sur le dossier de la chaise la forme menaçante d'un visiteur nocturne, aux meubles et au couvre-lit replié l'aspect de monstres cauchemardesques.

Il referma sa fenêtre, jeta un coup d'œil circulaire sur le désordre de son bureau, haussa une épaule et arracha d'un geste sans passion la feuille caduque à son éphéméride. Il pencha la tête et rectifia sa coiffure devant la glace posée sur la cheminée. Puis il s'empara de son pardessus et sortit.

Il entendit claquer derrière lui la porte de l'immeuble. Il fit quatre grands pas et sortit de la pénombre des arcades. Il s'adossa au pilier de pierre et regarda droit devant lui, comme toujours, vers le sud. Selon les saisons, les teintes, la luminosité étaient différentes. Le cours lui-même était plus ou moins paresseux, mais le pont, lui, était là. Les matins de brume dense, il lui suffisait du halo gris pour le reconstituer. Il était là. Sans lui, la rue aurait plongé dans le fleuve, entraînant les maisons et les hommes comme un troupeau de moutons qui se laisse glisser dans l'abîme à la suite d'un bélier fou. D'abord cambré, il rattrapait la ville.

Il était là, dans ses immuables courbes, à la fois robuste et féminin, à signifier les départs, les arrivées, l'eau et la mort par noyade, les œufs des poissons, le sable et les herbes dansantes, la vase et les immondices vomis par les égouts. Le pont ou le monde, voilà ce qu'il contemplait.

Soudain, surgissant du brouillard un peu jaune, émanant de la pierre même du pont, une voiture d'un gris métallisé apparut. Les rayons obliques d'un soleil de fresque la frappèrent en plein flanc, comme s'ils voulaient la coucher là, l'arrêter dans sa progression pourtant lente, d'une lenteur inquiétante. Il fut impossible à Victor Malthusse de se dire : « Une voiture vient du sud et monte vers la ville » car il était évident qu'elle arrivait des profondeurs de la terre, sous l'eau du fleuve, sous les alluvions que fouillaient inlassablement les dragues, dans un bruit régulier, infernal. Elle amorçait un saut de carpe, faisait un détour par la surface des choses. La pierre du pont allait l'engloutir. Tête la première dans l'arche suivante, comme elle avait surgi, elle allait disparaître.

Quand elle roula sur la chaussée de la rue Royale, le ronronnement de son moteur surprit Victor Malthusse. L'illusion se dissipa. Il tenta de récupérer l'image initiale en se disant que ce tintamarre n'était qu'un abus de réalisme mais c'était aussi vain que de vouloir tirer à soi un songe que la conscience efface. Il soupira et se décolla du pilier.

Le boucher venait de replier le rideau de fer de sa boutique. Il avait beau mettre de l'huile et de l'huile : c'était à chaque fois un effroyable hurlement de rouages érodés et rouillés, suivi du claquement sec des crochets qui maintenaient la grille contre le mur. Victor fit une grimace qui transforma son visage doux en un masque de douleur. « Ah ! Ah ! dit M. Gault. Tout petit, tu faisais déjà cette tête. Je l'avais dit à ta pauvre mère : "Ce gosse-là, il a les oreilles fragiles. Vous n'en ferez sûrement pas un canonnier !" Ça choque ta sensibilité de musicien, hein, Malthusse ? » Il suivit des yeux la voiture grise et maugréa : « Il pourrait bien allumer ses phares, celui-là, avec le brouillard qu'il fait ! »

Le commis envoya un seau d'eau bouillante et savonneuse sur le trottoir ; il se mit à brosser les souillures du jour passé, de la nuit passée, puis il brancha le jet d'arrosage et Victor regarda l'eau sale d'abord, propre ensuite, se mêler à celle du caniveau. Malthusse se boutonna fiévreusement, tira sur le bas de ses manches, fouilla dans ses poches et salua son voisin d'un geste brusque de la main. Mais il commença à marcher avec une curieuse tranquillité de promeneur, comme s'il était mû par deux forces antagonistes, l'une le pressant, tandis que l'autre l'invitait à la lenteur.

Il laissa derrière lui, sur quelques mètres, la trace de ses semelles mouillées.

La voiture grise contourna la statue équestre, en haut de la rue, puis disparut dans une rue latérale.

Elle s'arrêta un peu plus loin devant le collège Saint-Julien. Une adolescente en sortit. Elle jeta par-dessus son épaule la pile de livres et de cahiers qu'une ceinture à rayures jaunes et bleues maintenait serrée, disparut dans un essaim de jeunes filles que le froid faisait trépigner et là, comme pour animer les façades austères de l'école, combler le désert de la cour, pallier l'ingratitude de son propre visage, elle raconta ce qui lui était arrivé la veille.

Elle dit que c'était après une promenade à cheval. Jean-Pierre Suzini ne l'avait pas seulement effleurée. Il l'avait poussée contre le mur de l'écurie, avec ce sourire qu'on lui connaissait bien au magasin, à la fois aimable et froid, et, comme elle résistait, il l'avait attirée à lui. Elle avait senti son odeur. Il laissait toujours sa chemise ouverte, alors elle avait vu se rapprocher de son visage la pilosité de sa poitrine et...

La cloche se mit à sonner, couvrant les dernières paroles de l'adolescente, les petits cris, les rires étouffés, les « Arrête ! Arrête ! Je m'en doutais depuis le début ! Rien qu'à voir cette vitrine... » de ses compagnes.

*

En revenant de La Rotonde où il prenait son petit déjeuner et son journal quand sa femme Marguerite partait avant lui, Victor Malthusse vit Mme Suzini accompagner sa fille jusque dans la rue et la suivre des yeux jusqu'à ce que la foule l'engloutît. Elle tourna la tête vers le trottoir d'en face, rencontra le regard de Victor, sourit largement et porta ses doigts à ses lèvres. Puis un camion s'immobilisa entre eux deux. Quand il redémarra, elle avait disparu dans le hall de l'immeuble. Victor monta dans sa voiture.

Les Suzini n'avaient pas décoré leur vitrine, bien que l'on fût en période de fête. Seul un des mannequins avait une étoile argentée sur le front. Une des branches, plus effilée que les autres, en débordant sur son nez, en accusait la pente. Un matin, Victor avait trouvé les grandes poupées élancées légèrement maquillées. Leur bouche brillait. Leurs joues rosies leur donnaient l'expression d'une femme qu'un compliment jette dans la confusion. Dissimulés sous des cils encore plus noirs, plus lourds que d'habitude, leurs regards se détournaient du spectacle de la rue. Quelqu'un les avait déplacées. Elles se présentaient maintenant de trois quarts. Celle qui occupait à elle seule l'étroite devanture à gauche de la porte, était vêtue d'un pantalon noir et d'une veste rouille ouverte sur son torse nu ; elle se cachait le visage derrière la main. Pourtant à demi dévêtues, les trois autres dames de cire aux seins discrètement tombants semblaient, elles aussi, vouloir décourager toute avance. Elles regardaient ailleurs. Celle-ci d'un mouvement d'épaule, celle-là avec sa jambe légèrement repliée, la troisième à cause de ses doigts posés sur sa gorge, comme au terme d'un geste involontaire de pudeur, elles faisaient toutes l'effet d'être prêtes à s'esquiver. Les baies vitrées étaient ceintes d'un cadre très fin, bleu nuit, si fin que les mannequins au visage insensible étaient à hauteur du trottoir, au même niveau que les passants, simplement à distance, inabordables, donnant la curieuse impression d'avoir été ainsi habillées — ou déshabillées — contre leur gré. Des projecteurs au faisceau mince insistaient ici sur la forme d'une main, là sur la rondeur d'une épaule qu'un corsage tombé sur le bras découvrait, ailleurs sur un genou, sur la cambrure des reins. Le reflet sur le trottoir formait un tableau étrange : l'entrée projetait sur la gauche un rectangle rosé ; de chaque côté sur fond bleu, se dessinaient, éloignés les uns des autres, les contours incertains d'une main tendue, d'un bras incomplet, d'une jambe dont le mollet fondait dans le noir, d'un buste éclaté en trois morceaux, d'un profil — chacun des mannequins ne laissant sous les pieds des passants que l'ombre d'une parcelle de lui-même. Quand le soir tombait, les formes se précisaient, en même temps que l'impression de démantèlement d'un corps que l'on aurait jeté à la rue et qui se serait disloqué là, en émettant les quatre notes que déclenchait l'ouverture de la porte, et que Victor Malthusse croyait encore entendre, ce matin-là, en se dirigeant vers le Conservatoire : *si* bémol-*la-do-si* bécarre, soit le nom de Bach. Il vit la petite Suzini traverser la rue en courant à toutes jambes.

*

Tant que Nine Suzini sentait dans son dos le regard de Millie, elle avançait mollement en balançant son cartable à contretemps, ce qui entraînait son corps sur le côté et lui donnait une démarche de boiteuse. La tresse qu'elle s'était patiemment confectionnée lui tiraillait la peau du crâne et de la nuque et accentuait l'amande de ses yeux sombres. Elle était très pâle, comme si on venait de lui prendre l'empreinte de son visage et que le plâtre, en séchant, avait imprégné les pores de sa peau et lui avait figé les traits. Elle marchait la tête baissée. De temps en temps elle jetait un coup d'œil latéralement. Elle gardait ainsi une série d'images en mémoire et avait bientôt l'impression d'évoluer dans un de ces décors miniatures qu'elle découpait dans du carton, du temps de son enfance, et sur lesquels elle rapportait, pour donner l'illusion de la vie, quelques silhouettes qu'elle trouvait selon son humeur pleines d'assurance ou empreintes d'une dramatique résignation : une femme, un panier à la main ; un commerçant sur le seuil de sa boutique ; un agent de police ; un homme en costume, un porte-documents sous le bras ; un colleur d'affiches ; un enfant, le visage écrasé contre la vitre d'une voiture... Quelques personnages la saluaient. Elle leur répondait d'un sourire, d'un signe de la main, personnage elle-même. Nine Suzini connaissait tout le monde, sur le trajet du lycée. Chacun la voyait passer puis repasser. A mesure qu'elle s'éloignait du magasin, plus personne cependant n'aurait su mettre de nom sur son visage familier.

Soudain elle s'immobilisa, en sentant l'odeur des croissants chauds, du pain et de la crème sucrée, écœurante. Elle se retourna avec précaution, comme pour ne pas défaire la belle ordonnance de sa natte savamment tressée, à l'africaine. Son regard tenta de plonger jusqu'au niveau de l'immeuble, mais il se heurta à toutes sortes d'obstacles qu'elle voyait en flou : des têtes d'enfants, des dos, des morceaux d'écharpes, des mains qui retenaient un foulard. Elle esquissa un sourire, serra son cartable sous son bras et démarra comme une flèche. Elle évitait habilement les passants, descendait quelquefois sur la chaussée, remontait d'un bond sur le trottoir, rasait les voitures pour traverser les rues. Elle courait, le visage toujours lisse. Ses yeux seuls mobiles, mouillés de larmes à cause du froid, elle regardait à droite, à gauche, devant elle, avec la rapidité d'un animal traqué ; elle anticipait sur son parcours, levait la tête de temps à autre et vit ainsi la façade ouest de la cathédrale se rapprocher d'elle sous le ciel menaçant. Alors elle ralentit, aperçut l'homme aux pigeons et alla s'asseoir à côté de lui sur le banc vert aux pieds de bronze forgé. Il dit : « Tu as couru. » Elle répondit sobrement : « Bien obligée. » Puis elle tira sur la manche de son manteau et tendit sa joue. Il ne l'embrassa pas. Il hocha la tête et la caressa du bout des doigts. Il avait des gants de laine. « Tu manques de simplicité », dit Nine. Et elle haussa une épaule.

Les voitures freinaient, rétrogradaient, abordaient le virage en faisant crisser leurs pneus. Aux roucoulements des pigeons, au bruit des becs qui se disputaient les croûtons contre le pavé disposé en étoile autour de la fontaine, au chant de l'eau, se mêlait maintenant le premier trait de pédale d'un prélude qui suait sous le lourd portail de la cathédrale, à quelques mètres de là.

Lorsqu'il eut cédé ses derniers morceaux de

pain aux oiseaux ébouriffés par le froid, l'homme plia dans sa poche son petit sac en toile bleue, alluma sa pipe, en tira une longue bouffée. Le vent s'était levé avec la lumière. Il chassait les brumes matinales. Il semblait surgir de l'intérieur même du soleil, être une sorte de rayon aveugle, capricieux et glacé. Repus, les pigeons s'envolèrent. Nine les suivit des yeux. Ils regagnaient leurs refuges dans la forêt de clochetons qui était éclairée à cette heure. Elle les voyait passer d'une flèche gothique à une autre, en un léger froissement d'ailes grises. Elle regarda un des pavés octogonaux : quelques miettes de pain, des plumes duveteuses, des fientes étaient restées. Elle dit : « Passage des pigeons. Détail. » Puis elle rit doucement et ajouta, de sa voix calme : « Vincent, tu me fais attendre. » Elle consulta l'horloge encastrée dans la façade de la bibliothèque, tel un œil de cyclope, et adressa, en biais, un regard sévère à son compagnon : « Vincent ! Je suis beaucoup plus raisonnable que toi. Tu joues comme un enfant.

— Non, non. Tu te trompes. Je réfléchissais. D'abord est-ce qu'on reste ici ?

— Je n'ai pas trop le temps.

— D'accord... Je me demandais : à ton âge, es-tu capable de comprendre ce qu'est l'ennui ? Car c'est par là que je dois commencer. Par l'ennui. Décrire l'ennui. C'est une histoire bien réelle. Il faut pourtant d'abord imaginer l'ennui. En es-tu capable ?

— Non. Pourquoi fumes-tu la pipe ?

— Pour me donner un air pensif.

— Fais voir sans. »

Il prit sa pipe dans ses mains et présenta son visage à la jeune fille. Un cercle aussi imprécis qu'un horizon noyé délimitait ses iris pâles, animés de quelques filets bleus, vacillants, fragiles comme des flammes de gaz. Son visage empreint d'un calme détaché avait malgré tout quelque chose de suppliant — l'expression d'un homme qui se posterait en sentinelle devant sa grande maison déserte, prétendrait la garder mais attendrait, sans jamais l'avouer, qu'une passante opiniâtre, venant et revenant sans cesse, l'amène en douceur à réintégrer son logis, le suive jusque dans son boudoir. Il expira en entrouvrant ses lèvres et la fumée monta devant ses yeux. Nine rit en secouant la tête :

« Non, non, Vincent, tu te dérobes !

— Imagine l'ennui, reprit l'homme en riant à son tour. Ta mère ne s'ennuie pas ?

— Non, je ne crois pas. Elle réfléchit. Toute chose et tout le monde. Elle absorbe et réfléchit. Elle renvoie l'image de ce qu'elle a devant elle. Interlocuteur ou objet. Il se passe toujours quelque chose, pour elle. Il se passe ce qu'elle sent. Elle n'a qu'à ouvrir les yeux, les oreilles. S'ouvrir. Elle est sans volonté. Non, Millie ne s'ennuie pas...

— Ton père ?

— Oh ! lui... Il n'aime que les chevaux... Il est tout entier habité par sa passion des chevaux.

— Alors, imagine une écurie, commença Vincent d'une voix plus présente. Tu peux ça ?

— Oui, bien sûr, puisque je connais. On n'imagine que ce qu'on connaît.

— ... et une adolescente de... Quel âge as-tu, Nine ?

— Dix-sept ans, depuis l'été dernier.

— Bon. De dix-huit ans. Un peu vide... bête. Tu peux ?

— Bien sûr.

— Bête, tu peux ?

— Bien sûr, répéta Nine avec sérieux. Quand je me mets à être d'une stupidité ! » Et elle haussa les épaules. « Par exemple, à me dire : pourquoi faire : ça ? » Elle désigna la place d'un geste circulaire : la cathédrale, la fontaine, la bibliothèque, le marchand d'instruments de musique, la boulangerie. « ... Toute la ville... bouger, et surtout...

— Et surtout ?

— Tu le sais, Vincent.

— Non.

— Parler, tu le sais. C'est une source... une source intarissable de malentendus. » Il lui prit le menton entre ses doigts de laine et la força à tourner son visage vers lui. Il plongea son regard délavé dans ses yeux sombres. « Dix-huit ans, mettons... Un peu sotte... Une écurie », bredouilla-t-il. Puis il lâcha Nine d'un geste brusque. « ... C'est le premier lieu de l'ennui, raconta Vincent. Non qu'on n'y fasse rien, ça n'a rien à voir... » Il regardait fixement la vitrine du magasin de musique, dans laquelle la fontaine, les passants et eux-mêmes se reflétaient, ainsi qu'un détail de la façade ouest de la cathédrale, sur le côté, comme le décor latéral d'une scène de théâtre. « ... Ils reviennent d'une promenade à cheval. Ils sont dix ou douze, fatigués, ravis aussi... on les entend rire avant de les voir... Il y a cet homme grand, blond, d'une beauté presque effrayante et altière, et qui descend le dernier, comme s'il ne pouvait se résoudre à laisser sa monture. C'est un après-midi d'hiver... Non : une soirée déjà... La nuit est tombée. Il porte des bottes cavalières légèrement blanchies, recouvertes d'une poussière fine, sèche, qu'il époussette d'un coup de cravache. Il a une culotte beige, une chemise à fines rayures et un chandail ouvert en V, du même brun que ses bottes. Indifférent au froid, il a roulé ses manches et décolleté sa chemise, découvrant une pilosité abondante et dorée. Il vient de laisser son cheval au garçon d'écurie. Il jette sa veste aux coudes renforcés par un ovale de cuir noir sur son épaule et, dans le mouvement, il effleure la figure de cette adolescente. Alors il dit : “Oh pardon !...” en lui adressant un sourire d'une politesse figée et distraite et il lui prend le coude. Il répète : “Pardon, vraiment, je suis désolé...” Elle sent la chaleur de sa main, elle voit le triangle de peau dans l'échancrure de sa chemise. Elle est à demi enivrée par l'air, la fatigue, l'odeur de l'homme, des chevaux... Voilà qu'il s'éloigne déjà... Dix-huit ans... Vide... Il s'encadre dans la porte de l'écurie. Il est sur le fond noir l'unique silhouette distincte. Dans le brouhaha des conversations et des rires, qui s'en va en décroissant, sa voix est la seule qu'elle identifie, à laquelle elle associe une émotion : ce trouble — il l'a touchée — un parfum, fort, mi-homme, mi-cheval... une image : un morceau de peau dorée... un désir : déjà elle rêve qu'elle y a posé ses doigts, ses lèvres. Elle rêve car il a disparu. Dans l'écurie aux senteurs puissantes, il ne reste qu'elle, les chevaux, le garçon d'écurie qui n'a qu'une hâte : terminer son travail. Il siffle. Tout : la robe des animaux, la vapeur de leur respiration, la couleur de la paille, la chanson impatiente du garçon... et cette lampe baladeuse qui fait remuer les ombres sur le mur encrassé qu'elle regarde fixement... Tout l'excite et, en même temps, a un parfum de journée finie qui l'accable. On l'a déposée là, en début d'après-midi. On revient la chercher. Une voiture attend dehors depuis un moment. Elle s'approche, s'arrête à son niveau. On l'appelle.

« Bientôt elle passe entre les arbres dépouillés auxquels la lumière des phares donne une allure de géants étiques. Elle réintègre sa maison, au bord du fleuve, et là, poursuivie par le désenchantement de son bisaïeul, de sa grand-mère et de sa mère, nourrie des désillusions de ses sœurs, elle commence à construire l'histoire... car il faut que quelque chose lui arrive, bien sûr. Dans l'ennui hideux de cette maison qui sent encore la poussière de charbon, les miroirs, les vitres, les carrelages lui renvoient l'image de cet ennui, sa propre image, un peu ingrate. Alors il ne l'a pas simplement effleurée en jetant sa veste sur son épaule, il ne lui a pas pris le coude d'un geste machinal d'homme poli, à la rigueur d'homme qui aime plaire, dont c'est le métier — d'homme, de commerçant — de plaire, non... La nuit suivante une vague de rêves déferle sur cette anecdote ; puis c'est le matin et ce matin blême qui commence ressemble aux autres matins. Elle raconte qu'il l'a touchée intentionnellement, qu'il a voulu, même... Elle met l'histoire à l'épreuve de son environnement immédiat, et sa mère pousse des cris : "Nos filles ne sont en sécurité nulle part en dehors de la maison", dit-elle.

« C'est l'heure de partir. La voiture va transporter cette légende vers la ville où l'ennui est encore plus grand, mais plus insaisissable... insoupçonnable parmi cette agitation, ces déplacements apparemment tous justifiés... un ennui travesti... une vacuité urbanisée... ce tout petit fantasme d'adolescente...

— C'est l'heure », dit Nine. Et elle se leva. Elle posa sur le visage de Vincent son regard lourd et lui demanda : « Et toi ?

— Moi ? Rien... Pourquoi ? » Elle lui dit alors d'une voix douce, tranquille : « Reprends ta pipe, va. »

Elle s'éloigna, gardant en mémoire le visage de l'homme, ses yeux pâles, ses joues creusées, son nez en bec d'aigle, sa bouche fine, ses traits secs, douloureux, que ses sourires attendrissaient. Elle l'entendit se lever.

Elle entendit son pied glisser sur les pavés octogonaux, le son de la canne avec laquelle il jouait, et le rythme ternaire qu'elle donnait au bruit de son pas.

*

Il s'en était aperçu à la mi-novembre : il ne prolongeait alors le repas des pigeons que dans l'espoir de voir Nine lancer devant elle son cartable, se tenir au bord du déséquilibre, le dépasser en jetant sur lui un regard distrait et se rendre ainsi au lycée, toujours seule, les traits illisibles, les yeux fiévreux, comme alimentés par un feu intérieur. Parfois ses lèvres remuaient. Elle parlait ou chantonnait puis en prenait conscience et, confuse, mettait sa main devant sa bouche. Il suivait du regard cette silhouette déhanchée par la danse du cartable, petite, gracile mais tendue, sur ses gardes.

Il l'attendait et cette idée lui était devenue insupportable. Alors il lança un quignon de pain entre ses jambes. Elle tourna son visage vers lui, sans tourner les épaules. De face, elle devait ressembler à une figurine égyptienne. Elle l'interrogea du regard, longuement, sans manifester ni étonnement ni crainte. Elle émettait des questions muettes : « Quoi ? Pourquoi ? Qu'est-ce que ça signifie ? » Elle avait un corps d'enfant et il ne se décidait pas sur l'âge qu'elle pouvait avoir. Sans bouger de son banc, il dit, maussade : « Je donne à manger aux pigeons. » Il s'était senti stupide.

Il s'en souvenait — il se rappelait même très précisément le timbre de sa voix : monocorde, tranquille — elle dit : « Je-ne-suis-pas-un-pigeon-que-je-sache. » Elle consulta l'horloge de la bibliothèque et, comme si le temps qui lui restait lui en laissait le loisir, elle éclata de rire, d'un rire chaud, joyeux. Elle ajouta avec un air un peu prétentieux : « Il y a d'autres façons d'aborder les femmes dans la rue. »

A cause de son allure, cette réflexion lui avait arraché un sourire, à lui : Vincent. La pipe avait failli lui échapper de la bouche. Il avait attendu et voilà qu'il souriait. Maintenant, quand l'aiguille sautait, se rapprochait de la verticale, fermait l'angle, quand Nine disait : « C'est l'heure », il commençait à souffrir.

Il avait attendu puis souri. Il s'était laissé attendrir et s'était rendu disponible à la douleur.

Il pensa : « Voilà que ça recommence. »

Un jour, elle demanda : « Qu'est-ce que tu fais là, à donner à manger aux pigeons ?

— Les pigeons ont la réputation d'être des animaux stupides. Peut-être... Mais ils viennent et reviennent. Ils ne font pas d'histoire, pas de difficultés. Fidèles... On ne devrait accepter de ne nourrir que ce genre d'individus. Ma femme a fichu le camp, ajouta-t-il. Avec le premier bellâtre passé, un grand, blond... Remarque, il y avait de quoi... La poisse est collée à la maison... Je reviens aux pigeons, poursuivit-il sans sourire. C'est mon métier. Je suis payé par la municipalité pour nourrir les pigeons de la cathédrale. A moitié par la municipalité, à moitié par le clergé... » Et il tira une bouffée de sa pipe. Il guetta les signes d'inquiétude sur le visage de l'adolescente. Il se heurta à l'impassibilité de ses traits, à l'inébranlable acquiescement de tout son corps, enfin à cette voix : « D'accord, tu as le droit. » Il ne savait si elle pensait : « Tu as le droit d'être assez fou pour te faire payer à nourrir des pigeons » ou si elle lui accordait le droit de raconter qu'il le faisait. Elle laissait toujours quelque chose d'informulé, de suspendu. Ses lèvres, comme ses réponses, restaient entrouvertes sur l'équivoque.

Il ne se souvenait même plus de ce qu'il avait pu lui raconter dans l'espoir mitigé de la détourner de son trajet habituel et de s'en débarrasser. Elle courait de plus en plus vite, arrivait de plus en plus tôt, restait. A côté de lui, sur ce banc, elle regardait défiler les images dans la vitrine du marchand de musique, attentive à ses paroles et au mouvement de l'aiguille. Quelquefois elle intervenait de sa voix paisible, comme émanant d'une humeur égale, toujours égale, d'une douceur entêtée, atroce, car Vincent se disait qu'elle pouvait aussi bien être destinée à n'importe qui.

Samedi dernier, il lui avait dit : « Je boite, c'est ça qui te plaît. » Il regarda la rougeur monter à ses pommettes. Puis elle brisa le silence. « Tu dis ça parce qu'on est samedi, sans doute. Ou alors... tu as trop laissé les autres te regarder ainsi, renvoyer cette image de toi, exprès, pourvu qu'il y ait une image... ou alors tu me provoques... Je ne sais pas, Vincent. Là, tu parles, tu ne racontes pas... Je ne sais pas... Ce foutu orgueil, ou alors c'est une souffrance que tu connais si bien que pour rien au monde tu ne voudrais risquer d'en éprouver une autre ? Vraiment je ne sais pas... Ou encore, c'est moi, effectivement... » Elle laissa sa bouche légèrement entrouverte, comme s'il y avait autre chose. Elle ajouta soudain : « Mais quand tu dis ça, que tu le crois, non seulement tu boites, mais tu es laid. Tu es comme ça. » Elle fit une grimace, loucha, laissa couler un filet de salive de sa bouche.

Il se souvenait de leur rire qu'avait déclenché l'air ahuri d'un passant.

*

Son buste penché appuyé sur sa canne, son autre bras ballant, avec sa jambe indocile, il se voyait comme un primate hésitant à découvrir la station verticale, à libérer l'intelligence de ses mains.

Il neigeait.

Vincent ne s'en aperçut pas immédiatement. Alors que ses cheveux bruns et bouclés avaient retenu quelques flocons, il releva la tête en se demandant si l'on ne secouait pas un oreiller de plumes au-dessus de lui. Il découvrit les façades inégales du quartier de la Charpenterie. Les maisons semblaient avoir été collées les unes contre les autres pour se soutenir mutuellement. En bas de la rue, une ancienne entreprise familiale de fabrication de vinaigre avait un air penché d'édifice mis en danger par un glissement de terrain. Il avait quitté insensiblement les larges artères commerçantes de la ville. Peu à peu, l'état des affiches se détériorait, les murs se couvraient de graffitis, de cœurs percés de flèches, d'avertissements désespérés à quelque aveugle pouvoir, de messages incompréhensibles et de dessins d'enfants, souvent inachevés. Les vitrines des magasins se raréfiaient et changeaient d'aspect — fourre-tout empoussiéré de mercière ou étals d'alimentation générale — même les teintes y avaient un air épuisé.

Le vent ne soufflait plus. Les flocons tombaient en rangs serrés, transformaient la rue déclive en un chemin de boue grisâtre et commençaient de souligner tous les plans horizontaux d'une très fine ligne blanche. Le fleuve s'écoulait, un peu jaune, avec une paresse angoissante, comme s'il renonçait à continuer. Vu d'en haut, de là où s'immobilisa Vincent pour reprendre son souffle, il donnait une impression de torpeur, de tiédeur. Il tentait la ville, à la manière d'un lit, un jour d'ennui glacé. Le ciel pulvérisé au-dessus de l'eau, tombant sur l'eau, se faisant emporter par couches successives, avait l'aspect d'un grand corps neigeux qui succombe, en douceur.

Vincent recommença à marcher, laissant derrière lui les empreintes nettes de son pied droit, les petits trous creusés par l'embout ferré de sa canne, et un sillage, celui de sa jambe malade, telle la traînée de bave d'un limaçon.

Le sol était de plus en plus glissant, la pente plus accusée. Il se laissa aller, se rattrapant aux murs, aux rebords des fenêtres, la tête rejetée vers l'arrière — vain contrepoids : il était irrémédiablement entraîné par cette jambe étrangère, indolore, complètement indolore, sur laquelle il jeta un regard horrifié : « Si seulement ça pouvait faire mal, se dit-il, plein de rage, mais même pas. Non. C'est là. Tous les jours. » Il déboulait la pente telle une boîte de conserve poussée du pied, sans conviction, par un passant, et dont la course lente est soumise aux irrégularités du terrain.

Il aperçut les dragues, immobiles et fantomatiques dans le brouillard. Puis une petite barque arriva sur sa gauche, libérée de ses amarres. Elle descendait avec le fleuve, légère, tournait sur elle-même, dérivait un peu, poursuivait sa route, la coque dans le sens du lit, ou en travers ; elle heurta la berge, fut renvoyée vers le milieu des eaux, tourbillonna, heurta la berge une autre fois, hésita, descendit sur une centaine de mètres, accompagnée par le bruit des machines qui fouillaient les alluvions ; elle se laissa emporter par le cours qui, là-bas, au niveau du pont, était plus tumultueux. Lancée à toute vitesse contre une des arches, elle vola en éclats. Vincent perdit les planches de vue. Sur le pont, le trafic était plus intense. Du sud vers la ville, les voitures roulaient, roulaient ; la lueur des phares se réfractait dans la brume, luttait avec la lumière du soleil, semblait forcer la rue Royale à s'éveiller.

*

Après les magasins d'alimentation et les écoles, ce fut au tour des bureaux et des banques d'ouvrir. Les immeubles se vidaient progressivement. Dès que Nine disparut, Millie Suzini monta dans son appartement, avec sa lenteur coutumière, en s'agrippant à la rampe d'un vert bronze un peu froid, comme si ses jambes pourtant fortes ne pouvaient la soutenir. Elle poussa la porte sans faire de bruit. Mme Barrière sortit de l'appartement mitoyen. Elle dit : « Bonjour madame Suzini, il ne fait pas chaud, hein ? » Millie se retourna d'un bloc, tel un présentoir de cartes postales. Elle adressa un sourire rayonnant à sa voisine et lui prédit qu'il neigerait, « sûrement, mon baromètre, c'est... ». Soudain, elle s'interrompit. Le sourire disparut de son visage. Elle salua la femme : « Il faut que j'y aille », dit-elle. Elle entra précipitamment chez elle et referma la porte à laquelle elle s'adossa. La chambre était ouverte. Une puissante odeur animale en émanait. Les vêtements de Jean-Pierre étaient toujours sur le dossier de la chaise. Une fine poussière blanche s'était déposée sur le parquet. Elle entendit le bruit de la douche. Puis son mari se mit à siffler. Il sortit de la salle de bains, nu, la dominant d'une tête.

Elle leva ses yeux vers lui, rencontra son regard clair, toujours un peu étonné lorsqu'il la voyait, comme s'il se demandait : « Mais qui est cette créature ? » Puis l'éclat minéral ternissait. Il se rappelait probablement : « Ah oui, c'est Millie. C'est Madame. » Elle lui dit que ça sentait le cheval dans toute la maison, que tous les lundis, c'était pareil.

« Le pire, c'est que ça risque d'être comme ça de plus en plus souvent, car je vais y aller de plus en plus souvent. Le magasin marche tout seul. Si bien même, que c'en est ennuyeux », dit-il en souriant froidement.

C'était cette odeur-ci qui dominait les autres, même lorsqu'elle traversait la salle à manger, réentendant les voix, les rires sonores des hommes avec lesquels il rentrait et qui, tout élégants qu'ils fussent, transformaient sa maison en tripot. Elle jeta un coup d'œil désapprobateur sur la table en désordre, la nappe tachée, les ronds violacés autour du pied des verres. C'était cette odeur-ci, plus que celle du tabac froid, de l'eau de toilette un peu poivrée qu'il se vaporisait le matin et qui s'accrochait, par petites gouttelettes brillantes sur les poils de sa poitrine... bien plus que les effluves de vin et de nourriture. Elle ressortit de la salle avec un air lamentable.

« Quel temps fait-il dehors ? » demanda Jean-Pierre.

Millie dit que ça s'était radouci déjà, depuis qu'elle avait relevé les stores de la chambre de Nine, que, probablement, il allait neiger. Elle le devinait à sa cicatrice.

Il allait et venait, nu, dans le couloir. Il s'approcha d'elle. Elle répéta qu'il sentait le cheval. « Ta cicatrice ? Laquelle ? » Il rit. Il s'approcha encore, la saisit soudain par la nuque, fourragea dans ses cheveux épais, défaisant son chignon. Elle posa son front contre la gorge de l'homme, puis écrasa ses lèvres contre sa peau, lécha les petites gouttes d'eau de toilette. « Cette cicatrice-là ? » demanda-t-il. Il glissa sa main sous le chandail de Millie, défit brusquement la fermeture de sa jupe, caressa sa hanche avec rudesse, posa sa paume sur son ventre un peu mou et, du bout des doigts, refit le trajet de la cicatrice horizontale, cachée maintenant dans son pubis. « Celle-là, tu veux dire ? Celle-là ? » Il se saisit en riant de la touffe de poils, comme s'il voulait l'arracher. Elle émit une sorte de miaulement bref, auquel elle ne fit participer que sa bouche et sa gorge. C'était un son presque récité et qu'il étouffa en appliquant la tête de sa femme contre lui. Il lui montra ses doigts humides puis dit, les lèvres serrées : « Mais regarde-moi ça... Tu ne penses qu'à ça, ma pauvre Millie. Tu ne penses qu'à ça. Un tout petit animal grassouillet, voilà ce que j'ai... et qui ne remplit plus aucune fonction... un petit animal sensuel et stérile... » Il la repoussa, entra dans la chambre, ouvrit l'armoire, en sortit une chemise, un foulard, un chandail de laine jacquard, et il rapprocha les vêtements devant la glace. Avisant le reflet de Millie, il lui demanda, sur un ton dégagé : « Ça va, tout ça ensemble ? » Elle acquiesça d'un signe de tête et se plaignit doucement : « Tu n'aimes que les chevaux. »

Soudain elle sursauta : « Ferme la porte, J'entends Gina.

— Et pourtant elle ne risque rien, hein ? C'est ça que tu veux dire ? cria-t-il en se retournant brusquement, lui désignant son sexe. C'est ça que tu insinues, n'est-ce pas ?

— Je n'ai rien insinué du tout », dit Millie en rentrant sa tête dans ses épaules, ce qui lui donna l'aspect d'un carafon au goulot court. « Je t'ai dit de... Tu n'es pas obligé de te montrer tout nu...

— Elle en a sûrement vu d'autres, tu peux me croire... toutes pareilles... toujours à protester qu'on les... et prêtes à pleurer si elles ne vous... ne vous excitent plus le moins du monde... C'est ça que tu voulais dire ? »

Millie entra dans la chambre et en repoussa précipitamment la porte. Elle cria : « Oui, oui, Gina, vous pouvez entrer ! »

Elle poursuivit à l'adresse de son mari qui s'habillait :

« Je n'ai rien dit du tout.

— Tu le penses si fort que je l'entends.

— Je ne pense rien du tout, tu es bête. Je ne... C'est bien comme ça.

— Bête ! Bête ! Mais pas comme tu voudrais,

c'est ça ? Tu viens de le dire. Tu viens de dire que je n'aimais que les chevaux...

— Oui mais...

— Et tu sais ce que je leur fais aux chevaux ?

— Rien, Jean-Pierre. Ça suffit, dit-elle d'une voix suppliante. Ne crie pas. Surtout ne crie pas. Tu ne leur fais rien.

— Tu vas voir : je ne vais pas crier. » Il se pencha sur elle et lui murmura dans l'oreille : « Je leur monte dessus. Voilà. Je leur monte dessus, tu te rends compte, ma pauvre Millie ? » Et il éclata d'un rire fou. Sa bouche se referma brusquement ; il ne resta sur son visage qu'une expression hébétée, comme s'il prenait conscience, à l'instant même, de ce qu'il venait de dire.

Millie hocha la tête et s'installa sur le lit défait. « C'est bien comme ça », répéta-t-elle, au bord des larmes. Elle lui tendit les bras. Il la regarda avec méfiance mais il vint vers elle. « Je te rends malheureuse, pauvre Millie, pauvre Millie. »

Elle s'allongea, les yeux dirigés vers le plafond, ses joues un peu affaissées de chaque côté de ses mâchoires. Il s'agenouilla entre ses jambes, posa sa tête sur son ventre, la respira et se laissa caresser les cheveux. Il lui sembla que ses ongles longs, desquels s'échappait une odeur piquante de vernis, allaient écorcher la peau de son crâne. Il dit, la voix étouffée par le chandail de Millie : « Pourtant, tu ne pouvais pas t'en passer, n'est-ce pas ?

— C'est bien comme ça. Je t'ai dit que c'était bien. On est bien maintenant dans cette ville. J'ai mon travail. Ça va aller. »

Il se redressa. Sa bouche se crispa. Il dit sèchement : « Va au magasin, c'est l'heure, en tapant de son index sur sa montre. J'ai un rendez-vous au club équestre.

— Ah bon ! » soupira Millie.

Elle ne protesta pas. Elle ne protestait jamais. Il en éprouva un mélange de satisfaction et de mépris. Il la regarda se tourner sur le côté et se relever pesamment. Elle ouvrit la porte de l'armoire et rectifia sa tenue devant la glace. Avec son chandail aux manches chauve-souris, elle évoquait une amphore modelée par un potier ivre qui eût oublié de ménager un vide utile par les anses. Elle avait ainsi quelque chose d'insaisissable, de mystérieusement préservé. Jean-Pierre rencontra ses yeux noirs, noirs et vides comme un trou, sans éclat. Il lui sourit. Il pensa qu'elle n'avait pas plus de cervelle qu'une jument, qu'elle était aussi peu dangereuse qu'une jument, aussi facile. Mais elle exhalait une odeur fade, beaucoup trop fade, comme celle du lait.

« Tu ne déjeunes pas ? demanda Millie.

— Non, je n'ai pas faim », répondit-il, maussade. Puis il ajouta : « Il ne se passe rien ici. Depuis quatre mois qu'on est arrivé, il ne s'est encore rien passé... de grave, tu vois. Qui nous donne envie de résister... »

Il serrait son poing, les yeux un peu hagards.

Millie se retourna. Elle commença à trembler. « Ça ne va pas recommencer...

— Voilà ! dit-il en riant franchement. Tu vas te

remettre à pleurer. A pleurer à chaudes larmes. Et je vais devoir bercer cette petite bonne femme molle, cette bestiole... Millie, Millie, chantonna-t-il. Cette pauvre petite Millie rondouillarde qui ne se contrôle pas, jamais... qui n'a jamais rien contrôlé, n'est-ce pas ? Ni les affaires de la maison, ni ses propres désirs, ni ses chagrins... » Il sortit de la chambre. Tandis qu'il cherchait un pantalon dans le placard de l'entrée, Gina arriva du fond du couloir. Elle cria : « Oh ! Monsieur !

— Oh ! Gina ! » singea Jean-Pierre Suzini. Il termina de s'habiller et s'en alla.

Millie ajusta son chandail en se caressant les seins avec un air stupéfait. Puis elle descendit au magasin.

La vendeuse attendait dehors. Millie s'accroupit et tourna la clé dans la serrure qui se trouvait à ras du sol. Elle sentit le vent entre ses jambes. Son passage sous le tunnel des arcades l'avait tiédi. Elle se releva et Sylvia Faure entra. Le nom de Bach fut égrené dans la boutique.

« Bonjour ! Il ne fait pas chaud à attendre.

— Monsieur m'a retardée. Il a rendez-vous ce matin, alors...

— Oui, je l'ai vu. Il ne sera pas là ? demanda Mme Faure avec un air de regret.

— Je ne sais pas. Peut-être en fin de matinée... »

Sylvia avait pris l'habitude de s'habiller comme les mannequins. Elle donnait l'impression d'être surprise en train de le faire : elle laissait son corsage déboutonné en bas ou en haut ou n'était jamais complètement coiffée. Ou alors, c'était sa jupe, trop fendue, qui avait l'air inachevée. Millie la suivit des yeux lorsqu'elle descendit au sous-sol. « Vous verrez, cria-t-elle en se penchant. A gauche, il y a deux cartons...

— Oui, oui, je sais... » Alors Millie se tut. L'escalier en colimaçon, pris entre deux éclairages, apparut comme une spirale sombre, serrée. Mme Suzini tiqua : « Il faudrait mettre une lampe, là... Ça fait cave... »

Et c'est alors qu'il se mit à neiger. Elle vit tomber les premiers flocons, entre deux arcades. Quand la vendeuse remonta, Millie eut un sourire de satisfaction naïve. Elle désigna la rue et déclara : « Je l'avais prédit. Chaque fois que le temps va changer, qu'il va pleuvoir ou neiger, ou qu'il va faire beau, je le sais parce que...

— Oh ! moi, c'est mon mari qui le sait. Un vrai baromètre, lui... Son genou... »

Elle raconta qu'il avait eu un accident, étant enfant, qu'il s'était cassé la rotule — « ou un os, dans ce coin-là ». Elle ne se rappelait plus le nom des os. Tout ce qu'elle savait c'est qu'on ne finirait pas de payer pour les accidents qu'on avait eus dans son enfance, que personne n'y échappait. Millie n'écoutait plus. Elle s'était installée derrière sa caisse et regardait droit devant elle les allées et venues sur le trottoir, sous les arcades, le trafic sur la chaussée. Les passants, les voitures, les camions, les vélos entraient dans le champ délimité par l'embrasure de la porte et en sortaient. Millie faisait un constat de mouvements. Quand quelqu'un pénétrait dans la boutique, elle était aussi étonnée que si l'on avait crevé l'écran de quelque salle de spectacle, puis c'était l'expression de la cliente qui déteignait sur son visage.

De l'autre côté de la rue, à l'intérieur de la boucherie, Mme Gault était de profil. De temps à autre, les deux femmes se regardaient, un bref instant, entre deux voitures, deux clients sans être jamais certaines, ni l'une ni l'autre, de s'être vues.

Mme Faure remonta du sous-sol. Millie l'envoya chercher la viande en la priant de transmettre ses amitiés à la bouchère. Et Mme Gault, en retour, adressa les siennes à Mme Suzini. « Ça, c'est des bons voisins ! dit-elle à son mari. Comme jamais on n'a eus depuis trente ans. Faut pas se fier au genre... » et elle contempla avec un rien d'étonnement la vitrine du magasin Suzini.

Au même moment, Vincent Samski arrivait à son bureau de gestion. Il retira la petite couche de neige qui s'était accumulée sur le rebord de sa plaque, vissée dans le mur. Puis il entra. « Monsieur ! Vous êtes tout mouillé, dit sa secrétaire. Regardez : il neige si fort qu'on ne voit plus votre maison, en face. Ça va vous faire drôle. »

La berge sud était invisible. Il sourit. Il allait travailler comme au bord d'une mer gelée, comme s'il était parti loin, très loin d'ici, vers le nord, à mille lieues de l'ancienne entreprise de charbon. « Ça vous amuse, s'étonna la secrétaire. Moi, ça me dépayserait...

— Mais ça me dépayse, répondit Vincent Samski. Et c'est ça qui me détend.

— C'est pas tous les jours qu'on vous voit détendu, monsieur. »

Elle avait dépouillé le courrier : il avait rendez-vous à onze heures. M. Saint-Maure, de la grande quincaillerie, avait téléphoné. « Père ou fils ? demanda Samski.

— Monsieur Guy. C'est là que vous allez faire de la musique, monsieur ?

— On ne peut rien vous cacher. Tout se sait... Oui, c'est là... C'est tout ?

Il y avait aussi les Verroteries et : « Vous savez ce qu'on m'a dit ? qu'il y aurait une boutique toute neuve, genre moderne qu'on fait maintenant, où il se passerait de drôles de choses... »

Vincent soupira : « Racontars de bonnes femmes. »

*

Il neigea pendant cinq jours presque sans arrêt. La nuit, il gelait. La rue Royale semblait avoir quelques difficultés à remonter jusqu'à la statue équestre, à se ramifier ensuite dans les rues latérales, comme si elle y distribuait son goudron boueux.

Les toits du collège Saint-Julien étaient recouverts de neige et la cour de récréation était impraticable. Ce fut sous le préau que l'histoire enfla. Nul ne savait plus de quelle bouche elle était sortie. Les jeunes filles soufflaient dans leurs doigts et sautillaient, par groupes de quatre ou cinq. Elles chuchotaient toutes en même temps dans leur écharpe ou dans le col de leur manteau. Et les propos se chevauchaient, inaudibles. Elles étaient obligées de se répéter, d'articuler que Suzini faisait ça au sous-sol. Et « ça » ne leur était pas arrivé à elles, « il s'en serait bien gardé... ». Mais elles avaient une voisine ou une amie qui avait commis l'imprudence d'y aller seule... Il était entré dans la cabine d'essayage, soi-disant pour l'aider à remonter sa fermeture Éclair... Puis une adolescente s'échappait d'un petit cercle, allait en rejoindre un autre, colportait les dernières nouvelles dans le fond du préau. Il y faisait plus sombre. C'était à peine si l'on y voyait la lumière du jour, au-dessus des têtes, car les branches des arbres, chargées de neige, mais dont le dessous paraissait dessiné à l'encre, bouchaient la perspective. Il avait l'air drogué... Sans doute l'était-il... Sans doute faisait-il ça aussi... Il y avait des cartons, tout le temps, par terre, au pied des rayons encastrés dans le mur comme les alvéoles d'une ruche... Quand elles riaient ou poussaient des exclamations, effrayées et ravies, elles renversaient leur tête en arrière et rencontraient le plafond grisâtre du préau et le globe blanc, en plein milieu, comme un œil impavide de statue.

*

Nine vit la toile du parapluie, par en dessous, en

appuyant sa nuque contre le dossier du banc. Elle plissa les yeux. Toutes les couleurs se mêlèrent. « On dirait les Nymphéas, dit-elle. Regarde, Vincent ! » Mais l'homme ne bougea pas. De la neige fondue tombait sur son épaule, goutte à goutte. « Tu devrais te rapprocher, ajouta-t-elle. Tu vas être malade. »

Il ne s'était pas interrompu et quand Nine, d'autorité, se serra contre lui, passant son bras sous le sien, il disait que ces couloirs de collèges, ces préaux, ces milieux clos étaient des caisses de résonance idéales pour que pareil bruit se répandît... « basé sur rien. Du vent, dit-il. Et qui suivra dans la ville le cours du vent. D'ailleurs, ça commence. Chaque élève qui sort porte le bruit comme un germe de maladie contagieuse, et, tout doucement, tout doucement, ici et là, ça se propage... Une dizaine de maisons... mettons une trentaine de personnes qui accueillent cette rumeur encore très imprécise avec plus ou moins d'intérêt... mais, déjà c'est là... ça peut avorter... mais ça peut s'enflammer. C'est déjà arrivé. »

Nine regardait le grand piano, au-delà de la fontaine dont les bords étaient blancs. Elle avait la main gauche dans la poche de son manteau et la main droite glacée. Ses ongles commençaient à prendre une teinte violacée, ses doigts devenaient exsangues. Elle n'allait pas pouvoir travailler. La journée débutait par un contrôle de physique nucléaire. « Je crois bien que je me suis complètement trompée d'orientation, dit-elle tout fort.

C'est le moment ou jamais de tout rater. » En remuant les doigts, elle entra en contact avec le poignet de Vincent. Il avait la peau tiède. Nine ouvrit la bouche et se sentit un peu molle.

« ... Tu en prends une au hasard, poursuivait-il de sa voix éraillée de fumeur. Par exemple cette gosse de l'écurie : Isabelle.

— Isabelle ?

— Oui, maintenant, ça me revient. »

Nine glissa son index le long de la paume à l'intérieur du gant. Il tourna lentement son visage aux traits émaciés vers elle : « Elle a une figure large, un peu ingrate, des yeux clairs. Elle vit dans un endroit confiné, replié sur un vieil échec. Plus personne ne voulait du charbon familial. Tout entier préoccupé par son besoin d'amour qui le faisait courir d'une femme à l'autre, le père a complètement oublié de se reconvertir quand il en était encore temps. Il a fini par en crever. La mère s'est enroulée dans son veuvage comme dans une pelisse de fourrure. Mais tu peux en prendre une au hasard, n'importe laquelle... » Il détourna son regard. « Elles n'ont fait que cela : passer d'un cocon à un autre. Regarder les vitrines avec un émerveillement effrayé. Rêver. Rêver au pire pour frissonner. Au plus merveilleux et de nouveau au pire, car elles n'ont rien autour d'elles qui puisse faire tenir cet espoir de merveilleux. Rien qui le rende probable. Elles ne sont pas folles. Ni désespérées... non, non, elles ne sont pas assez lucides... Simplement elles s'ennuient et sont tellement influençables ! Peux-tu comprendre ça ?

— Non.

— Pourtant, dit Vincent perfidement, si tu ne t'ennuyais pas toi-même, tu ne serais pas ici, à m'écouter raconter ces idioties.

— Tu ne les raconterais pas toi-même, si... Mais ! Tu m'as dit que c'était une histoire vraie.

— C'est une histoire vraie, basée sur rien. Du faux. Une histoire qui se répète, même. Tu ne connais pas cette ville ?

— Non. On vient d'arriver.

— ... Elles sont en train de fabriquer l'histoire... Et toi, pour la même raison, pour combler un vide de même nature, tu es en train de l'écouter. Donc, tu t'ennuies, c'est bien ce que je disais. Sinon, pourquoi serais-tu là, à m'...

— Vincent, tu radotes.

— Admets que tu t'ennuies. Pourquoi sinon ? Surtout moi.

— ... un pauvre type comme moi, qui a une jambe... moche et tout, qui boite. En plus, un fou complètement bouffé par le malheur et qui en redemande », dit Nine de sa voix plate. Puis elle éclata de rire.

« Pourquoi alors ? » insista-t-il.

Nine garda son visage placide. Elle expliqua, après avoir marqué un temps d'hésitation, que chaque fois qu'elle avait exprimé un certain plaisir, on le lui avait mangé sous le nez, et que chaque fois qu'elle s'était plainte « oh ! modestement », on lui avait pris aussi sa douleur, la multipliant, prétendant qu'une douleur n'était supportable que lorsqu'elle était « grandiose ». Elle ajouta : « Raconte. Parler, ça ne sert à rien », en regardant la vitrine du magasin d'instruments de musique. Tout doucement, elle glissa ses doigts puis sa main entière dans le gant de Vincent. Il dit : « non » faiblement. Elle rétorqua tranquillement : « J'ai froid. C'est simple. Si tu savais comme ça me réchauffe. » Il serra le manche de son parapluie avec violence. L'aiguille de la pendule sauta. D'un mouvement brusque, maladroit, Nine appuya sa tête contre l'épaule de l'homme, sa tempe d'abord puis son front, sa bouche. La laine lui chatouilla les lèvres. Elle ferma les yeux, troublée. La main de Vincent était moite. Elle retira la sienne. Elle était couverte de la sueur de l'homme. Pour la première fois depuis un mois, elle sortit de sa réserve. Quoique amortie, sa voix était plus modulée : « Pourquoi ? Tu poses cette question, à ton âge ?... Je ne sais pas... Mais comment : oui. Je suis passée par tous les chemins possibles et imaginables, pour visiter, tu vois ? j'allais au lycée et je visitais en même temps. Ce trajet-ci, je l'ai pris par hasard. Les jours suivants, j'en ai pris d'autres, mais toujours l'image revenait, s'imposait, du banc, des pigeons, de... de toi, Vincent... C'est pour ça, c'est tout, mais ça ne sert à rien, n'est-ce pas ?...

— A rien du tout. Je porte la poisse. Et puis, tu es mineure...

— Jusqu'à cet été...

— Je n'ai pas envie d'avoir d'histoires...

— Tu n'en auras pas. C'est quand même une drôle d'expression... Je suis bien là, c'est tout...

— Moi aussi. Moi aussi je suis bien, Nine, passons.

— Passons. Au fait quel âge as-tu ? demanda-t-elle sur ce ton redevenu insensible qui était le sien, en marquant peu l'interrogation.

— Trente-six. J'aurai trente-six ans le jour de Noël. » Il eut un petit rire qu'elle sentit se propager jusqu'à ses lèvres et qui la gagna à son tour. « Tu parles d'un Jésus », entendit-il. Puis elle ajouta sur un ton docte : « Trente-six ans, ça n'est pas la catastrophe, tu peux refaire ta vie.

— Ma vie ? Mais je ne l'ai jamais faite !

— Alors commence. »

Elle écarta les mains, paumes vers le ciel, en un geste comique de prédicateur.

« J'aurais dû ne faire que de la musique, ne me mêler d'aucun autre bruit, dit Vincent, tout bas. Écoute, dit-il à la hâte d'une voix plus forte, après avoir jeté un coup d'œil à l'horloge. N'espère pas faire ta vie. Tu es déjà fabriquée de toutes pièces...

— Alors, c'est de la radinerie, dit Nine, en riant.

— ... C'est déjà fini, pour toi aussi. Aucun libre arbitre... tu crois saisir les événements et ils t'échappent... la mort vient te cueillir ce que tu préférais... aucune responsabilité, rien. »

Elle se leva en évitant de se blesser aux baleines du parapluie multicolore. Elle ramassa son cartable et commença à s'éloigner. Il l'appela :

« Nine ! » Elle s'immobilisa, eut une moue contrariée qui se détendit lorsqu'elle entendit les enfants poursuivre une bataille de boules de neige, sur le parvis de la cathédrale. « Oui ? demanda-t-elle, de dos.

— Ce sont... bientôt ce sont les vacances..., dit l'homme, hésitant.

— C'est pour ça que tu es de mauvaise humeur. C'est déjà comme ça le samedi. Alors, tu penses : quinze dimanches de suite ! C'est pour ça que tu poses des questions stupides, auxquelles tu réponds toi-même, sans t'en apercevoir : "aucun libre arbitre... aucune responsabilité... la mort..." Je m'assieds sur ce banc, je me colle à ton corps parce que j'y suis poussée par quelque chose qui me dépasse, tu l'as dit toi-même... Est-ce que je dois savoir ça aussi ? En plus du reste ?... De toute façon, tu ne crois tout de même pas que je vais lui faire la moindre concession, à la mort ?... Le plus petit cadeau ?... Pas une rognure d'ongle, rien ! J'y pense, j'y pense, bien obligée. Mais c'est la vie qui m'obsède, rien d'autre que la vie ! »

Il replia son parapluie d'un coup sec. A ce signal l'adolescente se dirigea vers le lycée, en lançant son cartable très loin devant elle, comme dans l'espoir de le lâcher et le perdre de vue.

Vincent imaginait son visage lisse, sa peau d'un blanc cassé et ses yeux sombres, l'iris noyant la pupille dans laquelle il voyait son propre reflet, minuscule, noyé.

Elle était peu développée et son corps avait

quelque chose de déterminé à en rester là de sa croissance. Il donnait bien une idée de féminité, mais de même qu'une esquisse d'arbre donne une idée d'arbre, sans plus. Et c'était ce qui inquiétait Nine. Elle se disait qu'elle n'avait pas là grand-chose à donner.

Au moment où elle s'habilla, quelques jours plus tard, elle fit une grimace et murmura : « C'est foutu ! Ça aurait déjà poussé. » Puis son père entra. Elle se plaqua contre le mur, attrapa son écharpe au passage et se dissimula derrière. Elle la tenait sous son menton et la laissa se dérouler jusqu'à ses pieds. « Tu pourrais frapper !

— Je suis ici chez moi, dit Jean-Pierre Suzini.

— Partout dans l'appartement, mais pas dans ma chambre. On n'entre pas dans ma chambre. C'est comme de rentrer dans mes songes. »

Jean-Pierre Suzini se frotta le menton puis il dit, appuyé au chambranle de la porte : « Tu es petite comme ta mère et... complètement inachevée comme l'était la mienne. Jamais finie, en somme..., et il ricana.

— Drôle de mélange, effectivement, commenta Nine aux aguets.

— Oui, tu aurais pu faire le contraire : prendre tout ce qu'il y avait de bien.

— Oui. » Nine sourit poliment. Son père était beau, d'une élégance toujours un peu négligée, très étudiée.

« Mais il s'est passé autre chose, ajouta-t-elle d'une voix contenue. Quand bien même aurais-je eu le loisir de prendre tout ce qu'il y avait de bien : la docilité de Millie, la pente de ton nez, les mollets de Dieu sait qui, la couleur des yeux de la branche paternelle, le port de tête, la taille, la largeur des hanches de quelqu'un d'autre... La façon de marcher de ton père, la diction de ma grand-mère maternelle », débita-t-elle sur ce ton désincarné de récitant qui répète devant une salle déserte, ne songe qu'à se rappeler les phrases, toutes les phrases dans leur exact enchaînement et se soucie peu de convaincre : « ... les merveilleuses manières de ta sœur, si distinguée qu'elle ne s'adossait jamais, n'est-ce pas ? pour garder la colonne parfaitement droite, comme si une colonne droite pouvait suffire à donner une idée d'intégrité... Quand bien même se seraient ajoutés à cela la chaleur, l'extraordinaire chaleur, et le parfum puissant de tes juments, ça n'aurait pas été, non.

— Non ? Et pourquoi ? demanda-t-il, ses lèvres épaisses bleuissant de colère.

— Pas assez. Jamais assez. Tu ne te feras jamais à l'idée de n'avoir été capable que de fabriquer cela : une créature humaine... une toute petite tragédie ordinaire, éphémère. Jamais. »

Il haussa les yeux au ciel puis ses traits se défirent. Il eut un tic nerveux de la bouche, comme si sa lèvre inférieure était prise par un hameçon. Il changea complètement d'expression et demanda, enjôleur : « Tu ne veux vraiment pas venir avec moi et monter à cheval ? On ferait ça ensemble, au moins. » Il lui adressa un sourire d'enfant dépité.

Radoucie, Nine secoua la tête et murmura : « Écoute, je n'aime pas ça. Je n'ai jamais aimé ça. Je ne vais pas me forcer, ni changer de sentiment. »

Elle lâcha un coin de son écharpe, dénudant ainsi son épaule et la naissance d'un sein. « Premièrement donc, je n'aime pas ça... » Son pouce se redressa puis elle déplia ses doigts, un à un : « Deuxièmement, ça fait mal aux jambes et j'ai besoin de mes jambes pour marcher, courir, même... Je déteste les gens qui sont là-bas... Non pas un à un, non — il n'y a pas de raison — mais quand ils sont ensemble et qu'ils forment une espèce de corps unique, plein de bras, de têtes... et qui ne débite qu'une seule et unique parole... Cette poussière soulevée par la cavalcade me pique les yeux, et j'en ai besoin... L'obéissance des chevaux me les rend suspects et, de toute façon, ils puent.

« ... Mais toi, tu fais ce que tu veux, poursuivit-elle en penchant sa tête sur son épaule. Je m'occupe de Millie. Maintenant : il me reste un jour avant les vacances. Je n'ai pas l'intention de le passer là, adossée à ce mur glacial, nue derrière une écharpe. Alors si tu voulais bien me laisser...

— D'accord ! D'accord ! Il n'y a jamais moyen de faire quoi que ce soit avec les femmes. Rien à attendre d'elles. Je ne sais même pas pourquoi j'essaie encore ! Rien de rien ! » cria Suzini.

Il leva les bras puis les laissa retomber le long de ses cuisses. Ses épaules s'affaissèrent dans le mouvement. Il ressembla fugitivement à une marionnette dont on vient de lâcher les ficelles. Il dit alors sèchement : « Range ta chambre ! » Son visage retrouva toute sa superbe. Comme pour s'entendre donner des ordres, il répéta : « Range ta chambre ! Range ta chambre ! » entre ses dents, en assombrissant le timbre de sa voix, tel un adolescent qui force les effets de sa mue. Il avait un regard effrayant.

« Ton frère, lui, s'il...

— Non, pas ça ! » dit Nine.

Elle regarda l'écharpe qui, lui ayant échappé des mains, tombait en accordéon, lentement, comme sans pesanteur à ses pieds. Alors, avec le soin qu'elle eût mis à construire un château de cartes, elle s'employa à vider les tiroirs de son bureau, un à un, à éparpiller les feuilles, les stylos, les cahiers et les revues qu'elle avait jetés sur le sol, transformant la pièce en un capharnaüm, le visage figé, un sourire aux lèvres cependant, subtilement douloureux. « Ça va, dit Jean-Pierre Suzini, blême. Tes crises, ça va, répétait-il en s'éloignant à reculons. Ça va, ça va... »

Nine resta à genoux, tête baissée. La lumière du dehors soulignait les structures géométriques de son rideau. Il était légèrement tiré sur le côté. Avec ses larges godets, il évoquait un vitrail qu'un saint épris de liberté eût réussi à repousser, le faisant glisser pour se ménager l'espace nécessaire à sa fuite.

Elle se releva et s'habilla lentement, en évitant de marcher sur ses affaires, comme si elle traversait un ruisseau sur des cailloux glissants. Elle chantonnait, les lèvres closes. Puis elle ouvrit son rideau.

Victor Malthusse, le professeur de violoncelle, était là, comme d'habitude, adossé à une arcade. De haut, il ressemblait à Vincent. Nine soupira profondément.

Il portait un manteau de loden clair. Avec ses cheveux blonds et raides qui lui tombaient sur les épaules, ainsi confondu avec la terne couleur de la pierre, son bras gauche se balançant lentement, parallèlement à la rue, le reste du corps parfaitement immobile, l'homme semblait vouloir marcher vers le fleuve et en être empêché par cet énorme fardeau qui adhérait à son corps : non seulement l'arcade elle-même, mais les précédentes et les suivantes ; non seulement le pâté de maison mais encore, par les rues, toute la ville ; la campagne alentour, par les routes ; les autres villes ; et, par la mer, les autres pays, car il n'y avait pas de discontinuité.

Il était là, une jambe repliée, la tête légèrement penchée vers l'extérieur, à contempler le pont de son regard interrogateur. Puis il se décolla de l'arcade, ronde-bosse soudain douée de vie. Le commis boucher envoya son seau d'eau bouillante et savonneuse. Le caniveau fumait. Et les passants traversaient cette petite haie de brume violacée, qui flottait, comme un artifice de théâtre.

II

1

Il avait cessé de les fréquenter pendant de longues années puis il était revenu, comme on revient à son passé — éprouvant d'abord un obscur plaisir à déployer des trésors d'ingéniosité pour en découvrir les secrets, avant de s'apercevoir qu'on n'a fait que s'enfoncer, se perdre, telle une taupe qui creuserait des galeries de plus en plus labyrinthiques mais laisserait la terre derrière elle et boucherait toute issue au fur et à mesure de sa progression, tout espoir de remonter à l'air libre.

C'était devenu une habitude : pendant les vacances et parfois le dimanche, laissant Marguerite avec ses amies, Victor Malthusse allait jouer chez les Saint-Maure.

Il arriva un peu en retard, à cause de la neige qui tombait en abondance dès qu'on s'éloignait de la ville, vers le sud. Il roula dans les ornières qu'avaient creusées d'autres voitures, dans l'allée privée qui menait à leur ferme réaménagée. Il dérapa, rit tout seul et s'arrêta devant les bâtiments en L dont les façades qui n'étaient pas faites de colombages étaient recouvertes d'une vigne étique, tentaculaire.

Il eut à peine le temps d'éteindre son moteur. La silhouette de Mme Saint-Maure se détachait déjà dans l'entrée. Elle s'approchait de la porte vitrée, écartait le rideau, collait son visage poudré contre un petit carreau, l'y encadrant ainsi, comme s'il était accroché dans quelque salon, en souvenir d'elle. Puis elle recula et ouvrit à Victor.

Elle exhalait un parfum sucré qui semblait émaner de son sourire fin, horizontal, sans joie. Elle marchait avec raideur sur des talons trop hauts et remontait le col de son chemisier pour dissimuler ses rides qui couraient à l'assaut de ses mâchoires. Elle répétait ce geste sans arrêt, dans un effort désespéré et attendrissant, avec un air si incertain qu'elle évoquait un pendu dont la corde vient de se rompre et qui se demande s'il va recommencer ou s'en tenir là de ses velléités. « Aujourd'hui il y a une surprise ! » dit-elle. Elle plissa les yeux et regarda Victor de côté. Puis elle dressa son index à l'ongle rongé : « Devinez ! »

Ce pouvait être n'importe lequel des amis mélomanes que les Saint-Maure, dans leur folle nostalgie des salons d'autrefois, regroupaient autour d'eux, à l'occasion. Une série de visages lui vint à l'esprit, en même temps que ce bouquet de parfums qui envahissait le hall du théâtre, les soirs de concert. « Aucune idée, dit-il.

— Allez ! Allez ! Cherchez un peu ! » Elle eut une moue d'enfant qui veut jouer, malgré l'heure tardive. Elle lui posa la main sur le bras et le secoua légèrement : « Vraiment ? Vous ne voyez pas qui je veux dire ?

— Je ne vois personne », répondit-il avec une mauvaise humeur qui était dirigée contre lui-même mais qui attrista tant Élisabeth que, pour s'amender, il posa sa main sur celle de la femme et la laissa un instant, s'attardant à contempler les doigts courts, maintenant congestionnés par les bagues, tachant de reconstruire l'image ancienne d'une femme jeune, et mince, vers laquelle viendrait un enfant, la joue tendue avec une courtoisie guindée, sans doute, mais un enfant. Les articulations boursouflées, torturées comme une coupe géologique, se retirèrent vivement de sa vue. Élisabeth Saint-Maure laissa retomber son bras le long de son tailleur gris et, fébrilement, lissa le bord de sa veste.

« Votre père était comme vous : toujours un geste, toujours une attention délicate... toujours à s'attarder, parce qu'il le disait bien : "La maladie est l'ultime recours d'un corps aphone..." On peut dire quand même qu'il se sera tué au chevet des... pardonnez-moi, pardonnez-moi de vous rappeler ces mauvais souvenirs... ma maladie... dresse ! ma maladresse... regrettable, absolument... Vous souvenez-vous ? Non... c'est vrai que vous ne vous souvenez de rien... Il a fait ses premières visites en voiture à cheval... On entendait le trot : un-deux-trois, un-deux-trois... On était déjà guéri... »

Ils étaient immobiles l'un à côté de l'autre dans la vaste entrée remise au goût du jour : les murs étaient recouverts de toile de jute et le sol d'une moquette chinée aux poils hauts qu'avaient écrasés par endroits les talons fins de Mme Saint-Maure. « Vous me pardonnerez, j'espère ? » Il hocha la tête. Une nature morte occupait, en largeur, la moitié de la cloison, en face d'eux. « ... Même avec la grand-mère, sans distinction d'âge... Même... même les gens d'ici, sans distinction de classe... ajoutait-elle avec un étonnement courtois, légèrement teinté de dépit. Ça n'a pas dû le contrarier tant que ça que vous choisissiez la musique, finalement... Enfin ! On dit : choisir... » Le tableau était éclairé par un petit néon qui laissait dans l'ombre totale, latéralement, deux triangles que Malthusse s'amusait à reconstituer. Le râble d'un lièvre, à gauche, quelques gouttes de sang sur une nappe blanche au drapé étudié et une bassinoire en cuivre rouge, à droite. Élisabeth se tourna vers lui, la bouche ouverte, le regard interrogateur. Il n'avait pas entendu sa question. C'est à peine s'il se rappelait les modulations de la voix qui avait franchi des écarts, glissant d'une note à l'autre sans nuances, sans rien signifier. Il sourit faiblement et répondit à tout hasard : « Non, non, je ne vois vraiment pas.

— Samski ! Vincent Samski ! Tellement mystérieux... » Elle renversa la tête, leva les yeux au ciel et porta ses mains à ses joues, comme en proie à un trouble aux effets incontrôlables. « Je vous en ai parlé cent fois... » Il dit : « Ah oui... », mais il ne se rappelait pas avoir entendu ce nom. « Toutes ces questions d'argent... Les étangs, la quincaillerie. Samski a tout pris en main. »

Ils entrèrent dans la salle de séjour. Chaque courant d'air faisait tinter les petites gouttes de cristal du lustre accroché au plafond moulé. Il entendit encore : « ... le départ de sa jeune femme, sans doute, qui l'aura rendu si taciturne... ». Guy Saint-Maure se leva de son fauteuil, en soufflant. Sans lâcher son livre des yeux, il serra la main de Victor et grommela des paroles de bienvenue puis il s'affaissa dans son siège de cuir aux accoudoirs égratignés par les chats. Une enfant était assise à ses pieds, sur un tabouret bas, capitonné d'un tissu fleuri, délavé. « Caroline ! dis bonjour ! » cria sa mère du fond de la pièce en tenant son jeu de tarots en éventail au-dessus d'une table recouverte d'une feutrine à laquelle s'accrochaient les ongles, les fermetures des bracelets et des montres. « Dis bonjour ! » répéta la femme. Mais l'enfant ne bougeait pas. Elle regardait la cheminée, l'âtre béant et vide, simplement noirci par la trace d'anciens feux. Victor leva une main apaisante : « Laissez-la, ça ne fait rien, elle a l'air de rêver. »

La belle-fille des Saint-Maure se redressa brusquement, traversa la grande pièce et se précipita sur Caroline en lui saisissant le bras, la soulevant de son tabouret. L'enfant sursauta, regarda autour d'elle sans comprendre, sourit. Élisabeth dit à la jeune femme, d'une voix suave : « Si vous lui aviez seulement donné envie de regarder nos visiteurs, cette brutalité... » La pendule sonna deux coups. « ... inutile, inutile ! ». Geneviève Saint-Maure murmurait : « Dis bonjour, dis bonjour ! C'est pour me faire honte. » Soudain Caroline ouvrit la bouche puis, comme si on avait mis une pièce dans une fente ménagée dans quelque endroit de son corps, et déclenché un mécanisme, elle chanta :

Tu te souviens du pont
Qu'on traversait naguère
Pour passer la rivière
Tout près de la maison...

Guy Saint-Maure pouffa de rire et la mère protestait : « sabotez l'éducation », mais déjà, Élisabeth entraînait Victor vers la table de bridge. Il salua Henri qui le pria d'excuser la distraction de sa fille et Ludovic, le plus jeune des deux fils, qui tapotait sur le jeu de cartes pour manifester son impatience : « ... lut ! Victor ». La quatrième joueuse était une adolescente au visage large, aux yeux clairs, fuyants. « Isabelle... Isabelle Samski, la sœur de..., ajoutait Ludovic. — Oui, nous nous sommes vus... je ne sais pas où, au concert, sans doute... à moins que vous ne soyez élève au Conservatoire ? » répondit Victor. Il passa son bras par-dessus la table en s'appuyant sur l'épaule d'Henri qui évitait le regard de sa femme, venue les rejoindre. Isabelle rougit violemment. Malthusse serra une main molle. Elle expliqua qu'elle était bien élève de piano mais qu'elle ne jouerait jamais comme son frère. « Au fait ? Où est-il ce diable d'homme ? s'inquiéta Élisabeth, en disposant des bouteilles sur un plateau.

— Il a toujours le chic pour disparaître d'un seul coup, pour s'évanouir », commenta sa sœur.

Guy Saint-Maure glaçait les verres, sa petite-fille sur les genoux. « On pourrait dire plus simplement qu'il est monté dans ma bibliothèque », proposa-t-il de sa voix au bord de l'extinction. Élisabeth porta de nouveau ses mains à son visage et soupira : « Ah ! Cet isolement ! Toujours cet isolement ! Nous qui éprouvons tant de plaisir à vivre en société ! »

Isabelle demanda si M. Malthusse savait qu'il avait des voisins peu recommandables. Il se trompa :

« Le boucher ?

— Le magasin tellement... moderne. En face... » Mais il fut accaparé par M. Saint-Maure qui l'invitait à prendre le risque de goûter à la mirabelle de la propriété. « Entendu, mais pas trop, avant de jouer... » Caroline regardait la paroi des verres se couvrir d'une fine couche de givre et le glaçon tourner à l'intérieur, en émettant un léger tintement, comme si quelqu'un entrait dans la pièce, faisant trembler le lustre.

Victor s'éloigna, sa mirabelle à la main. Dans l'embrasure de la porte de la pièce mitoyenne, à peine éclairée par une petite lampe posée sur le sol, se découpaient la silhouette d'un piano à queue, d'un noir brillant, celle du violoncelle posé contre la table d'harmonie dans la posture d'une femme qui va chanter, les jambes bouffies de la vieille Mme Saint-Maure et son immense écharpe aux teintes cramoisies, bleu pétrole et noir, qui se déroulait de ses mains à ses pieds. La spirale de laine se resserrait chaque fois que la femme commençait un nouveau rang, en tournant son ouvrage toujours dans le même sens. Les pelotes étaient disposées autour d'elle, sur le tapis multicolore.

Victor s'approcha d'elle. Il entendit son souffle calme, régulier, le cliquetis des aiguilles qui brillaient. Il ne voyait d'elle qu'une forme massive, une ombre projetée sur le plafond. « Mame ? » appela Malthusse, d'une voix timide.

Un curieux petit rire lui répondit : « Oui, oui, je sais : j'ai changé de place. » Il la distingua alors avec une telle précision que cette voix surgie de l'obscurité lui sembla avoir soulevé la lampe. Les nattes blanches enroulées autour de sa tête lui donnaient un air suranné. Elle regardait droit devant elle un pan de mur aveugle, lui présentant son profil de flamand rose, tout fripé, comme si elle avait mal séché en sortant de l'eau. Mame ricana encore : « J'en avais marre, à la fin, d'être toujours assise près de la fenêtre, et surtout près de la porte, à les entendre, les entendre, sans arrêt... Et puis cette fenêtre... est-ce que la mort ne va pas l'enjamber, hein ? De là, je la verrai venir... Et j'ai fermé les volets... » Elle rit dans sa main, telle une enfant qui vient de faire une farce.

Sans même le regarder, elle poursuivit de sa voix jeune et légère : « J'ai mis deux bonnes heures, vois-tu, à me transporter jusqu'ici... C'est toi, Samski ? Je ne t'ai pas entendu venir...

— Malthusse.

— Mais je ne suis pas malade.

— Non : Victor, son fils.

— Ah !... Oui : deux bonnes heures... Les pièces sont devenues si vastes pour moi, que de les traverser avec ce que j'ai à l'esprit équivaut en quelque sorte à un très long voyage... Écoute-les parler, parler, faire de petits riens des montagnes qui vont s'écrouler... Et quand elles seront écroulées, veux-tu me dire ce qu'il leur restera pour fomenter leur mémoire ? Que feront-ils quand le moment sera venu pour eux aussi de s'asseoir sur le perron de leur mort comme sur le seuil d'une maison de vacances ? Ils n'y pensent pas assez... Samski ?... Pourquoi ne t'ai-je pas entendu venir ? D'habitude...

— Victor.

— Ah ! Victor ! J'arrive à vous confondre tous les deux... De toute façon : quelle importance ? Un homme n'est jamais le même pour tout le monde. Qu'il y en ait deux complique à peine... Les entends-tu ? Sans cesse, sans cesse, ces bavardages insanes !...

— Je ne m'en mêle pas.

— Détrompe-toi. Autant prétendre se plonger dans le fleuve et en ressortir aussi sec que lorsqu'on y est rentré. Le milieu ambiant, c'est le milieu ambiant : eau, air ; les parfums te traînent sur les vêtements, tu n'y échappes pas ; les paroles chantent dans ton oreille, et le ruban repasse, et ta-ta-ta, repasse et repasse, et moins tu sembles écouter et plus ils insistent et plus tu entends... »

Elle avait une diction lente et des gestes calmes qu'elle parachevait dans l'air, sa main pâle et maigrelette esquissant de légers dessins. Elle attendait que s'épuisât l'écho d'une phrase pour commencer la phrase suivante. La rumeur de la pièce à côté s'engouffrait alors dans le salon de musique puis elle en était chassée quand Mame reprenait son discours.

Sa main retomba et ses doigts, froissant l'air, désintégrant les molécules de poussière, émirent un rayonnement argenté. Elle se remit à tricoter. Elle faisait une maille violette puis une bleue, une maille rouge puis une noire, une semblable à celle du début du rang puis elle ne suivait plus la série dans le même ordre et ça devenait incompréhensible. Elle ne regardait ni ses mains, ni les aiguilles, ni la laine. L'écharpe était si longue et son travail avait quelque chose de si absurde que Victor demanda : « A quoi ça sert ? » Il se mordit la lèvre inférieure mais la question avait fusé. « Ça me tient chaud, répondit la vieille femme simplement. J'avais commencé. Je suis bien obligée de continuer. Je ne vais pas rester les bras ballants de chaque côté des accoudoirs... Tu me diras : les premiers dessins ont disparu depuis le temps... mais le lainage reste... les couleurs aussi... Quand j'aurai bien froid, ils m'enrouleront là-dedans. Sans quoi, tu les connais ? Ils sont bien capables de me ficeler dans un linceul tout blanc. Le blanc fait propre. Ils ont une idée bien à eux, bien particulière, de la propreté. Qu'ils se la gardent ! »

Elle n'avait pas interrompu son ouvrage.

Rien d'autre que la longueur de cette écharpe et le nombre de ses spires ne donnait une idée du temps qu'elle avait passé à confectionner ce fleuve de couleur. Rien d'autre que les brusques soubresauts des pelotes auxquelles elle soutirait un segment de laine n'évoquait ici l'écoulement simultané des secondes, des minutes. Pas d'éphéméride dans ce salon transformé en chambre pour Mame, pas de pendule, mais un long accordéon jacquard et deux aiguilles de métal qui travaillaient dans un cliquetis rapide. Elle s'arrêta de tricoter et, quand elle s'interrompait ainsi, le temps était suspendu. Elle surprit le hochement de tête de Victor, son expression incrédule. Elle sourit finement et dit : « Fous le camp d'ici, mon garçon, ça fait longtemps que je te le dis. On n'arpente pas deux fois les chemins de son enfance. » Les yeux de nouveau tournés vers les volets clos, elle ajouta gravement : « Le silence de Samski a quelque chose de si violemment négatif, vois-tu... » Puis elle ferma les yeux.

Soudain, dans son visage si pétrifié qu'on l'eût dit sculpté dans une pierre ravinée par le vent et la pluie, avec une lenteur infinie, comme se lève la lumière, s'installa un sourire coquet qui fit exploser un millier de rides autour de ses yeux, et la voix surgit de nouveau, rieuse : « Mame, tu dis ? Un sobriquet compromis entre Madame et Maman ?... entre le respect dû à l'âge et la tendresse accordée à un ventre universel ? Non, non... pas un compromis... mais un mélange d'estime et d'amour pour ce que je suis restée malgré les années, malgré les naissances et les morts, malgré tout ce que j'ai pu entendre et qui ne cesse de se dire car la bouche des hommes est pleine de pourriture... Et toute cette tendresse pour ce que je suis devenue, c'est ça, c'est bien ce que j'entends ? C'est ce que dit ce Samski quand il parle... Je me disais : quelle importance pour moi qui voyage d'un bout à l'autre de ma chambre, ne fais que quelques pas, et en ces quelques pas parcours non quelques mètres, ni même une distance, mais des dizaines et des dizaines d'années, et tant d'existences que je ne savais même plus laquelle était la mienne... moi qui effleure en passant les instruments de musique et réentends des siècles de passion ? Mais ça me plaît bien, Mame. On n'y résiste pas et quand je l'entends venir — un-deux-trois, fait le bruit de son pas — et qu'il pose sa main sur ma tête... Ah ! non ! voilà ce qui me fait dire "je", car "je" sent la caresse, et nulle autre...

« Que disent-ils encore ? » demanda-t-elle en fronçant les sourcils, l'oreille tendue vers la pièce mitoyenne.

L'ombre d'Elisabeth se découpa dans l'embrasure de la porte. « Suzini ? » poursuivit Mame d'une voix plus forte, comme si elle voulait éveiller, à ses côtés, quelque rêveur plus enfoncé qu'elle-même. « Un étranger ? Mais pour qui ? Où ? Quand ? Dans quelles circonstances historiques ? Il n'est de notion plus remuante que celle d'étranger... notion qui change lorsque changent d'identité les ennemis que se désignent une nation, une communauté, une caste !... Mais ils l'ont toujours aux lèvres, ce mot-là, comme un herpès récurrent... Allez-vous jouer, oui ou non ? C'est la seule chose qu'ils sachent faire sans encrasser les murs de leur propre maison, encore que je ne me lasse pas de m'étonner que pareils enfants sortent de leurs instruments des sonorités si merveilleuses... Quels liens profonds ont-ils gardés avec le sublime et pourquoi les laissent-ils si secrets, ceux-là, précisément ? » poursuivait-elle tandis qu'Elisabeth rectifiait, en cherchant à la distinguer dans la pénombre : « Mais non, pas étranger, grand-mère. On dit : moderne... D'un genre !... » Elle ajouta à l'adresse de son mari : « Guy ! Ta mère est de plus en plus dure d'oreille...

— Moderne », répéta Mame. Elle fit sortir le bout de sa langue et l'essuya de son index comme pour la débarrasser d'un lambeau de peau ou d'un cheveu. Puis elle murmura : « C'est dégoûtant ! » en se renversant dans son fauteuil.

Une tasse de thé passa de main en main. Victor la tendit à la vieille femme, se pencha sur elle et lui demanda ce qui la dégoûtait ainsi : « La vitrine des Suzini ? Ou qu'ils aient élargi à “moderne” le sens du mot : “étranger” ? Qu'est-ce que c'est que cette histoire ? Je ne comprends rien... »

Mame but son thé sans répondre. Puis elle posa la tasse sur ses genoux en faisant trembler la petite cuillère en argent contre la porcelaine. Un pli de l'écharpe déborda sur la soucoupe blanche. Elle agrippa la manche de Malthusse. Ses yeux roulèrent dans leur orbite. Ses traits accusèrent soudain une intense fatigue. « Vois-tu, Samski. Ta petite femme n'aurait pas dû t'abandonner... Mais de quelle ambition étais-tu animé, aussi ? Quel bonheur — qui ne vienne de l'intérieur — lui as-tu si légèrement promis ? Ils le disent bien, eux : il faut avoir l'argent dans le sang... C'est pour ça qu'ils n'y comprennent rien et qu'ils te chargent de gérer leurs affaires. Il y a ceux qui ont l'argent et ceux qui y touchent. Toi, tu y touches, comme ton père touchait au charbon... »

Victor dégagea son bras en répondant : « Oui, oui », avec patience. Puis il laissa la femme qui s'endormait et passa dans le grand salon. Geneviève Saint-Maure émit un rire de crécelle en posant le petit sur le tapis vert. Il se dégageait une odeur de sueur un peu aigre, délicatement parfumée, et un mélange d'huile de lin et d'essence de térébenthine.

La porte s'ouvrit. Un filet d'air frais, le léger tintement du lustre prévinrent de l'entrée de Samski. Il avait sa pipe à la bouche. Son visage était à demi dissimulé dans un nuage de fumée. C'était sa canne qui avait donné à son pas, l'instant précédent, un rythme syncopé. Il y eut un silence. Guy Saint-Maure releva la tête, posa son livre à l'envers, pages ouvertes, sur l'accoudoir du fauteuil et dit : « Ah ! On va jouer ! » Il sourit, ravi, ses grosses joues soulevées creusant davantage les poches grises sous ses yeux.

« Il veut peut-être prendre quelque chose ? » proposa Elisabeth en s'adressant à son mari, comme si elle avait besoin de son intermédiaire. Vincent Samski déclina son offre en disant : « Jamais. Même en si bonne compagnie... » Il vida le contenu de sa pipe dans un grand cendrier en céramique peinte. Un peu de fumée s'accrocha encore à ses cheveux lorsqu'il se pencha, puis elle monta vers le plafond et, ne trouvant aucune issue, elle s'installa à mi-hauteur, jaunâtre, donnant à la suspension de cristal l'allure d'un accident rocailleux, couvert de givre, oppressé par des émanations d'usine.

« N'est-ce pas ? dit Mme Saint-Maure à la cantonade. C'est incroyable ce qu'ils se ressemblent ! » Victor et Samski se saluèrent en se dévisageant. Ce dernier murmura, sans desserrer les dents : « Mon pauvre... » puis il lui adressa un petit sourire amer.

Ils émirent tous en même temps des propos contradictoires sur leur ressemblance, dans un brouhaha de chaises repoussées, que Guy scandait de son « On joue ! On joue ! » automatique. Il se souleva de son fauteuil et, dans l'effort qu'il dut fournir, son sourire s'effaça comme dans l'impossibilité de suivre le mouvement ; sa figure retrouva son air de bonhomie accablée. Sur la question de savoir si Samski, malgré ses cinq ans de moins, était le sosie de Malthusse, Henri n'avait pas d'opinion. Il suivait la conversation de même qu'il eût suivi un match de tennis. La nuque un peu courbatue, il se rendait à l'avis du dernier qui parlait, disait : « ... Absolument ! Samski, paradoxalement, semble plus âgé... », puis devait en convenir avec sa mère : « Victor de loin, est desservi par ses cheveux si blonds qu'on les croirait blancs... » Complètement égaré, il dit : « Allez-vous vous décider ? » et ils passèrent dans le salon de musique.

Mame était profondément endormie. Henri et son frère la transportèrent sur le canapé. « Mon Dieu ! Qu'elle est légère ! » Ludovic, attendri, eut un large sourire. Il la recouvrit de son écharpe, cachant ses jambes infiltrées, enflées, et qui détonnaient. Geneviève et Isabelle repoussèrent les volets tandis que Mme Saint-Maure, les regardant faire, se plaignait : « C'est fou ce qu'elle nous mange comme électricité, avec sa dernière lubie... Faire la morte ! A son âge... »

Vincent Samski se bourra une autre pipe en contemplant, songeur, la petite Caroline qui était retournée sur son tabouret. Face à la cheminée, le menton posé sur ses genoux, précédant la musique, elle commença à se balancer d'avant en arrière, doucement. Sa jupe touchait le sol, dissimulant les pieds du siège. L'enfant semblait être une excroissance du dallage poreux, faite d'un matériau si léger que les déplacements dans la pièce avaient dû l'animer de ce mouvement de bascule. Elle avait des mèches noires et des mèches rousses, bouclées, denses. Tandis que, dans la chambre de Mame, ils accordaient violons, alto et violoncelle, en frappant sur les touches du piano, Samski regardait la chevelure avancer, reculer, avancer, comme s'il accommodait lui-même tantôt sur le hublot d'un poêle à charbon, tantôt sur les cendres incandescentes, à l'intérieur... Il alluma sa pipe. Un cri le secoua de sa rêverie. Il répondit qu'il arrivait. Alors l'enfant se retourna, en pivotant sur elle-même. Ses jambes serrées dans ses bras, elle pencha un peu la tête sur son épaule, regarda l'homme d'en dessous et lui dit, en riant : « Comme ça, de là où je suis, tu as l'air grand, grand, grand, Samski, avec des jambes énormes et une toute petite tête. Y a-t-il plus fort que toi ?

— Le feu qui me dévore et me laisse tout petit, petit, tout démuni...

— C'est pour ça que la cheminée est vide. Tu as pris le feu...

— Mettons que tu aies dix ans de plus, suggéra soudain Vincent. Que ferais-tu de tes vacances ? »

Caroline réfléchit et demanda des précisions : « Comment je suis ? Où j'habite ?

— Tu es comme ça, un peu plus grande bien sûr, mais guère plus développée. Je ne sais pas où tu habites... En ville. Tu as une natte...

— Bon. Voilà : »

Elle se redressa et s'accouda à la cheminée. Mais elle dut lever son bras au-dessus de sa tête et monter sur la pointe des pieds. « Non, ça ne va pas », dit-elle. Elle se jucha sur le tabouret et reprit sa pose. « Toi, tu dis : Où vas-tu comme ça, tous les jours ? Tu sors et tu ne dis jamais ni où tu vas, ni ce que tu fais. Tu ne dis jamais rien. »

Elle attendit. Mais Samski lui expliqua qu'il n'avait pas le temps aujourd'hui : « Tu vois bien qu'ils m'appellent.

— Je vois bien que tu y penses, rétorqua la petite fille avec un air moqueur. Ça ne fait rien. Je vais jouer toute seule. »

Samski se dirigea vers le fond de la pièce. Caroline cria dans son dos, simplement : « Moi, je serais celle à qui tu penses, j'irais faire l'amour avec toi, bien sûr, mais je répondrais ça : "Je rentrerai à l'heure." Ça suffira bien ?

— Ça suffira », dit Vincent en hochant la tête.

*

Ils se réunirent le lendemain et le surlendemain de ce lundi. « Et encore aujourd'hui ? » s'étonna Marguerite Malthusse quand, le vendredi, le lendemain de Noël, il lui annonça qu'il repartait jouer chez les Saint-Maure. « Je ne sais pas ce que tu leur trouves... De toute façon, j'ai une réunion, je ne serai pas là non plus... Mais ça devient une manie, ma parole, ajouta-t-elle en souriant. Je vais finir par croire...

— Rien du tout. » Et pourtant il y avait cet homme, maintenant, que Malthusse regardait avec une curiosité mêlée d'inquiétude, comme si on l'avait mis en présence d'une part esquintée de lui-même, qu'il eût involontairement enfouie.

Quand Samski entra dans le salon, laissant comme d'habitude Caroline dans la pièce à côté, Guy Saint-Maure était assis sur une chaise dans la posture d'un bouddha fondu ; les doigts de sa main gauche parcouraient déjà le manche de son violon ; il battait l'air de son archet ; son visage gras, congestionné, était empreint d'un bonheur impatient. Victor Malthusse consultait paisiblement sa partition. Mme Saint-Maure allait d'un pupitre à l'autre, avec l'air préoccupé d'un sommelier. Ludovic sifflotait le début du quintette de Brahms, en adressant, pour la forme, quelques clins d'œil à Isabelle Samski. Henri se passait inlassablement la main dans les cheveux, comme pour se débarrasser de quelque idée fixe. Tout doucement enfin, son front se déplissa, ses traits se détendirent. Dès les premières mesures, la fébrile indécision de toute sa personne céda la place à une sérénité qui avait, chez lui, quelque chose de victorieux. Dans son sommeil, Mame croisa ses doigts sur sa poitrine.

Assise à côté de Samski, Elisabeth regardait les doigts de l'homme, en miroir, dans le couvercle.

De temps à autre, elle levait les yeux sur son visage, mais elle les détournait avec effroi, car la figure de Vincent n'était qu'un masque, figé par une angoisse contagieuse, comme s'il en était encore aux instants qui avaient précédé la composition de cette œuvre, comme s'il la mûrissait lui-même. Alors le chant qu'émettaient les autres instruments était en quelque sorte arraché à leurs interprètes ; il semblait extérieur à eux — qui prenaient des allures d'automates — hors du temps, toujours à l'état de pensée, dans quelque conscience obscurcie par le doute.

Caroline pénétra dans la cheminée, en marchant à quatre pattes, puis elle s'y redressa. La musique produisait des échos, certains sons ne pénétraient pas dans le conduit, lui donnant l'illusion d'une partition à l'état d'ébauche. Elle leva la tête, attendit de s'habituer à la pénombre et aperçut le mince filet de lumière qui se projetait là-haut, horizontalement, lui amenant un peu d'air, le bruit de la neige qui se déposait sur le toit en un interminable soupir, et offrant, en échange, une issue de secours à la musique.

Ça sentait le feu mort, la fumée âcre, piquante, la cendre éteinte depuis longtemps, collée aux parois de la cheminée, un peu humide, et le salpêtre. Elle caressa les briques encrassées et se passa les doigts sur le visage comme le faisait sa mère, avec un air d'intense satisfaction : des pommettes vers les tempes, du menton vers le cou, jusqu'aux salières, du milieu du front vers les racines des cheveux. Elle appliqua cette poussière noire sur ses paupières en étirant le coin de ses yeux. Puis, de l'index, elle redessina ses lèvres. Elle traça une couture sombre à ses collants et les constella de petites mouches. Elle s'essuya les mains sur sa robe soyeuse et s'accroupit dans l'âtre.

Ils ne jouaient plus.

« ... Dans le magasin, paraît-il, et là où je fais du cheval, entendit-elle, de la bouche d'Isabelle Samski.

— Comme par hasard, ils n'ont même pas d'ennuis », dit sa mère qui demanda s'ils avaient de la famille dans la région.

Victor Malthusse éclata de rire. « Vraiment ! C'est impossible, oubliez cela. Il y a toujours des histoires comme celle-ci en sommeil, comme tapies sous la couche de bitume des villes... Sa femme est toujours là, de toute façon. »

Ça l'amusait beaucoup.

Depuis quatre mois, Millie Suzini était toujours là, derrière sa caisse, paraissant faire corps avec elle, toujours semblable à elle-même : immobile, d'une placidité douce et animale qui ravissait Victor. « Je les ai même vus arriver, dit-il, jetant le trouble dans les esprits. C'est absolument impossible ! » Et il recommença à rire, d'un rire joyeux, effréné, qui gagna le gros corps de Guy. Malthusse pensa qu'étendu sur son lit de mort, gisant même dans sa tombe avec un reliquat de mémoire, il aurait toujours à l'esprit l'image de leur arrivée, un soir d'automne, plus doux, plus lumineux que celui-ci. « Je m'en souviens très précisément », ajouta-t-il avec étonnement.

Suzini était descendu le premier de la voiture qu'il venait de garer derrière le camion, et Victor était resté à le contempler, stupide, car à la place de cette apparition et à cause de l'inscription notée sur la porte, en arc de cercle : « Suzini et fils », il s'attendait à voir un jour venir un marchand méditerranéen, volubile, d'un âge avancé, et un ou deux fils capables de seconder leur père dans les affaires — « comme quoi, on a une imagination extrêmement limitée », dit Victor. Mais pas lui. Pas cet homme en habit de cavalier, cet homme pâle, superbe, d'une quarantaine d'années, immense, dont les traits n'accusaient aucune fatigue, aucune satisfaction non plus, comme s'il était arrivé là où il devait arriver et éprouvait quelque répugnance à s'en réjouir. Il caressa le capot qui brillait dans la lumière de la rue Royale. Indifférent au froid, il avait roulé ses manches et jeté sa veste sur son épaule. Il alla ouvrir la porte, de l'autre côté. Il dit : « Millie ! Tu peux sortir », puis il donna des ordres brefs aux déménageurs, en agitant un trousseau de clés aussi fourni que celui d'un gardien de prison.

Victor ne vit d'abord que deux pieds un peu gras, serrés dans des sandalettes puis, comme si tout le corps était posé sans transition sur ces souliers à lanières, une petite femme se retrouva sur le trottoir. Jean-Pierre Suzini désigna le magasin d'un signe de tête : « Voilà, Mme Suzini, dit-il sans sourire. On recommence. » Elle le regarda s'éloigner. Puis une espèce de gosse toute menue sortit de l'arrière de la voiture. Elle déposa hâtivement des ballots, des paniers, des valises et divers objets aux pieds de Millie. Elle dit : « J'y vais. Je serai à l'heure » et s'en alla vers le cœur de la ville. En un rien de temps, le trottoir avait pris l'aspect d'un marché asiatique et Millie celui d'une métisse ennuyée ou dépaysée. Elle était plantée là, parmi les objets, et n'aurait sans doute pas été étonnée qu'on lui en demandât le prix. Elle était vêtue sans élégance, d'une jupe enroulée autour de sa taille épaisse, d'un chandail de laine multicolore et d'un grand châle qu'elle laissait tomber jusqu'à ses reins. La pointe lui frôlait les jambes. Ses cheveux noirs étaient ramenés sur l'arrière de son crâne en un chignon banane qui semblait avoir été fait une fois pour toutes, il y a très longtemps. Et les épingles étaient fichées dedans tels les pitons d'un alpiniste dans les sutures d'une roche. De son visage plat, large, aux pommettes rejetées sur le côté, de son regard effilé et très sombre qu'elle posait sur les passants, émanaient une sorte de rayonnement tendre, qui plaçait tout son être dans une expectative résignée, un peu lasse, et une supplique incompréhensible, attendrissante. Alors Malthusse la salua, engagea une conversation anodine — peut-être : « Alors ça y est ? Vous avez fait bon voyage ? C'était donc pour vous ? » Il ne se souvenait plus exactement. La petite Mme Suzini lui adressa un large sourire de reconnaissance, comme s'il l'avait sauvée d'une situation désespérée. Puis elle s'éloigna à la hâte, en attrapant quelques bagages, parce que son mari revenait vers elle, disant : « Millie ! Tu peux bouger ! » Victor Malthusse rentra chez lui.

« ... Depuis : toujours un sourire. Toujours un salut. Elle n'a jamais quitté le magasin... Non, non, vraiment, c'est impossible. Ça n'est pas sérieux, je vous assure, dit-il à Isabelle.

— Vous me rassurez, dit Elisabeth. Il se passe déjà tant de choses... C'est quand même une drôle de boutique... »

Samski dit qu'il était fatigué et demanda à Isabelle de prendre sa place au piano, « s'il te plaît. Pendant ce temps-là... », mais il se contenta de la foudroyer du regard.

Caroline sortit de la cheminée. Éblouie par la lumière du lustre, suffoquant à demi, elle vacilla sur ses jambes et se laissa glisser sur le sol où elle s'allongea confortablement. Elisabeth Saint-Maure poussa un cri : « Ah non ! Pas Webern ! C'est inaudible... Cette musique moderne nous ferait cauchemarder la grand-mère... »

Elle était debout derrière Samski. Avant de laisser le piano à Isabelle, il joua quand même quelques notes des Variations, un sourire aux lèvres, jusqu'à ce que Guy Saint-Maure vînt lui poser sa main sur le bras et lui dire, sur un ton conciliant : « Écoutez, non, ma femme a ça en horreur...

— C'est vrai, surenchérit Geneviève, qu'on a

l'impression que vous posez vos doigts n'importe où. »

Vincent plaqua un accord dissonant avec violence. Il tourna la tête et vit, là-bas, au pied du fauteuil de cuir, la tête bouclée de Caroline. Il se saisit de sa canne sans mot dire.

« Vous nous quittez ?

— Mais non.

— Vous n'êtes pas fâché ?

— De ?

— De... de cette histoire... C'est une question d'oreille, probablement. C'est tellement choquant, pour nous...

— Mais je suis de votre avis ; je ne suis pas d'accord pour qu'on raconte n'importe quoi sur n'importe qui, sans preuve. Ça n'est pas parce que c'est ma sœur...

— Non, non. Je voulais parler de cette question de... de répertoire », rectifia Henri Saint-Maure en le prenant par l'épaule. Mais il n'était pas certain d'avoir raison. Samski sentit ses doigts se crisper. Il le fit languir un instant, puis il lui proposa cette opinion : « Je posais réellement mes doigts n'importe où, complètement au hasard... »

Henri eut un sourire instable : « Ah oui ! C'était pour rire...

— Oui, oui... Vous savez bien que je suis toujours poussé par une irrésistible envie de plaisanter. »

Samski sortit du salon de musique et repoussa la

porte derrière lui. Il se laissa tomber dans le fauteuil de cuir dont le coussin avait gardé l'empreinte du corps de Guy, un fauteuil beaucoup trop large pour lui. L'enfant était allongée à ses pieds, le visage enduit de noir de fumée, les lèvres grises. De tout petits morceaux de peau, épargnés par la saleté, apparaissaient par endroits, d'un blanc nacré. Quelques larmes avaient coulé, collant ses cils, creusant de fines rigoles le long de ses joues rondes, et au bord de ses oreilles. Son abdomen se soulevait au rythme de sa respiration. Là-bas, ils répétaient inlassablement le même quintette.

La jambe gauche de Caroline était repliée et tournée vers l'extérieur. Samski alluma sa pipe, en tira une longue bouffée et toucha la cheville de la petite fille, du bout ferré de sa canne. Il remonta le long du mollet et de la cuisse. Une légère rougeur teinta les endroits où son visage était resté propre. Il attrapa un pli de la robe et rabattit celle-ci d'un mouvement brusque sur ses genoux. Il fit tourner sa canne autour de son doigt, habilement, puis la prit à l'envers et promena le pommeau arrondi, patiné, sur la figure de l'enfant. Elle ne put réprimer un sourire. Il entr'aperçut l'intérieur de ses lèvres, roses, et la ligne blanche des incisives. Alors il glissa sous le menton, suivit la ligne tendre du cou et s'arrêta au niveau du sternum. Il nicha le pommeau de sa canne dans la petite dépression et demanda de sa voix triste : « Ça vous serre ou ça vous étouffe ? Comment pourrait-on vous délivrer de cette douleur, madame ? » Il commença à appuyer, en vissant et en accentuant progressivement sa pression, avec un étrange regard, calme. Caroline ouvrit la bouche, s'étrangla avec sa salive, ramena ses genoux au niveau de son ventre, mais elle garda les bras le long de son corps. Elle ne chercha pas à se dégager. Elle rit.

L'homme l'abandonna et dit : « Ça va. J'ai vu que tu étais morte. Debout maintenant ! Dans quel état t'es-tu mise ?

— Je me suis maquillée, répondit l'enfant en écarquillant ses yeux dont le bleu paraissait encore plus clair ; le bord de ses paupières était rougi.

— Tu ressembles à un lapin albinos, s'esclaffa Vincent. Horrible ! Va te laver. Va te laver avant que ça ne fasse un drame. »

Il lui donna des petits coups de pied dans les côtes pour la faire lever. Mais elle se roulait par terre. « A quoi on va jouer ? » Le visage de l'homme exprima soudain une immense lassitude. Il lui dit avec impatience : « Je t'assure que j'en ai assez de te voir, assez de discuter avec toi. Ça suffit ! Sors d'ici maintenant !... » Il brandit sa canne puis il la posa et se prit la tête entre les mains, répétant : « Assez ! Assez !...

— Mais à quoi penses-tu ? A quoi penses-tu ? » bredouilla Caroline en reculant. Puis elle s'enfuit en courant à toutes jambes.

Samski entendit le bruit cristallin du lustre.

Alors il se leva, se dirigea vers le salon, en ouvrit la porte doucement, jeta un coup d'œil sur le corps de Mame, toujours endormie, dans la posture d'un gisant de comédie. Il ordonna : « Isabelle ! On y va » puis, changeant brusquement d'expression, avec une servilité affectée, il dit à Guy Saint-Maure qui s'épongeait le front, qu'il reviendrait demain, mais à la quincaillerie, pour le bilan de fin d'année. Il s'inclina devant Elisabeth : « Je dois partir. J'ai un rendez-vous. J'avais oublié. Il est presque cinq heures.

— Vous ne prenez donc jamais de vacances ?

— Si, si. La semaine prochaine, je déménage. Tu me prends lundi matin, Ludovic ? C'est toujours d'accord ?

— Oui, dit le plus jeune des fils Saint-Maure. D'ailleurs, je m'en vais aussi.

— Toujours dans tes marionnettes ? demanda sa mère en prenant l'alto.

— Toujours... »

Il suivit Vincent Samski qui s'éloignait dans un bruit décroissant de triolets.

Après le départ de Vincent, Victor Malthusse eut plusieurs fois l'impression d'avoir oublié ou perdu quelque chose. Alors il fouillait dans ses poches, cherchait une partition ou s'adressait à Guy Saint-Maure avec un air désemparé : « Je ne sais plus ce que je voulais vous dire mais... » et tout à coup, il pensait : « Mais non... C'est ça : c'est ce Samski : il n'est plus là. » Il quitta les Saint-Maure deux heures plus tard et, installé au volant de sa voiture, il s'amusa à arrêter ses essuie-glaces. Les flocons organisaient d'étranges dessins, imprévisibles, sur le pare-brise. Bientôt ils formèrent une couche fine, irrégulièrement répartie, à cause du vent qui soufflait par petites bourrasques, comme pris, lui aussi, d'humeur fantasque. Il ne voyait plus le paysage. La lueur des phares des voitures qu'il croisait s'écrasait sur la vitre en une tache jaune paille, se réfractait sur les cristaux et disparaissait. Il clignait des yeux et riait tout seul.

Il arrêtait ses essuie-glaces, les remettait en marche, balayant ainsi cette taie blanche dont il se disait qu'elle s'était posée à même ses yeux, et il découvrait la route. Il était un peu trop à droite, un peu trop à gauche, ou si bien dans l'axe qu'il se félicitait.

La neige cessa de tomber à l'approche de la ville. Victor Malthusse écarquilla ses yeux noisette et renvoya sa mèche en arrière. Il la prit entre ses doigts ; sa main devenait un large peigne ; doucement, il la réinstallait sur son crâne et la lissait. Il avait un front haut, plissé par le mouvement des sourcils, toujours soulevés par l'étonnement — ce qui donnait à son visage aigu un curieux air enfantin, un air d'éternelle bonne humeur, aussi. Il n'avait pas, lui, ces deux rides verticales qui, encadrant brutalement la bouche de Samski, baignaient toute sa silhouette dans une atmosphère d'amertume.

La ville n'apparut d'abord que sous l'aspect d'un frémissement doré, projeté contre un ciel surchargé. Ni maisons, ni bruits, mais une lueur unique, comme si les ampoules, les enseignes, les fenêtres s'étaient brisées pour laisser la lumière se répandre, monter, et former cette image pulsatile, qui serait violentée par l'aube, du chaos citadin.

Il traversa les environs en tenant son volant d'une main si légère qu'il ne la sentit plus soumise à sa volonté. Il s'enfonça dans son siège. Il regarda défiler les rues, les places, les passants et les vitrines, en se donnant l'impression qu'il était immobile, lui, tandis qu'on lui passait la séquence d'une arrivée dans une ville.

Soudain, il freina. Il évita une ombre de justesse, une ombre étique qu'il n'avait pas vue venir et qui devait avoir surgi de la chaussée elle-même, de l'intérieur d'une bouche d'égout. Le passant resta un instant pétrifié, sa main gantée devant les yeux le protégeant de la lueur aveuglante des phares. Victor s'apprêtait à descendre mais, à peine eut-il mis le pied par terre, la silhouette de l'homme se mit en mouvement. Il vit rougeoyer le foyer d'une pipe puis l'inconnu lui tourna résolument le dos. Debout dans la lumière jaune en plein milieu de la chaussée, il leva sa canne à l'horizontale, évoquant un escrimeur gaucher. Puis il l'abaissa brusquement et se mit à marcher droit devant lui, boitant, titubant, glissant.

Malthusse appela : « Samski ! » mais le nom s'étrangla dans sa gorge. Il se sentit pris d'une incompréhensible panique et crut entendre un rire éraillé, sinistre, puis une exclamation : « Tant pis ! Tant pis ! » L'homme monta sur le trottoir, rebroussa chemin et disparut, quelques mètres derrière Victor, dans une entrée cochère.

Malthusse referma sa porte. Il tremblait. Il ne démarra pas immédiatement. Il contemplait, stupide, le voyant rouge sur le tableau de bord, la burette dessinée en noir et la goutte d'huile suspendue, comme s'il en attendait la chute.

Il eut froid. Il tenta de se moquer de lui-même, s'accusant d'être, comme d'habitude, victime et de sa distraction et de son imagination — « comme s'il n'y avait qu'un boiteux dans la ville ».

Il vit le pont. De ce côté-ci du fleuve, il n'avait pas la même allure. La fuite des perspectives en gommait les courbes. L'eau était invisible, cachée derrière le parapet qui courait le long de la rive sud. Ainsi le pont perdait-il toute raison d'être. Il avait l'air d'être le prolongement de la route, simplement, et la statue équestre qui se détachait au fond, dans la lumière orangée de la ville, comme saisie en plein galop par une coulée de lave, refroidie depuis des temps immémoriaux, semblait être l'aboutissement logique de tout déplacement, de tout effort, de tout élan. Elle se découpait, dans son éclat de bronze, à la manière d'un sombre avertissement.

La rue était calme, bordée de maisons bourgeoises et de platanes élagués, bien alignés et régulièrement espacés, un petit grillage protégeant le cercle de terre que le bitume leur avait concédé.

Quand il passa le fleuve, il éprouva un étrange sentiment de soulagement.

*

« Voilà qu'elle s'enferme », murmura-t-il en haussant une épaule.

Il lut : « Monsieur et Madame Victor Malthusse ». Elle avait fait briller la plaque. Il restait un peu de pâte dans le creux des lettres. Après ce nettoyage hebdomadaire des étains, des cuivres et de l'argenterie du mariage, Marguerite sentait l'ammoniaque et lui montrait ses doigts entamés par le produit.

Elle fermait derrière lui quand il sortait. Il réentendit le bruit dans son dos — mais comme pour la première fois : double tour pour le verrou du haut ; double tour, dans un ton plus mat, pour celui du bas, posé depuis peu. « On ne prend jamais assez de précautions », avait-elle dit. Il chercha son trousseau de clés dans toutes ses poches et le trouva finalement au fond de son porte-documents.

Tandis qu'il tournait la clé dans le trou minuscule aux crénelures savantes, qu'il recommençait plus haut, il regardait le reflet de sa manche dans la plaque de cuivre. Il s'aperçut que le bord en tremblait encore légèrement. Il entra chez lui.

Les deux patins de feutre semblaient attendre

avec une bienveillance ironique qu'il se décidât à y poser les pieds. Ils n'étaient jamais exactement l'un à côté de l'autre. Beiges, ceints d'un galon plus foncé que la couleur brune du parquet, on les eût dits enfoncés dans le sol, comme si quelqu'un avait patienté là, longtemps, sans bouger, creusant son empreinte jusqu'à une couche de terre plus sèche, avant de se volatiliser.

Victor ne se souvenait plus à quel moment ils étaient arrivés. Il savait seulement — mais il ne se le dit que ce jour-là — qu'au début, dix ans plus tôt, il n'avait pas été question de marcher sur des patins à l'intérieur de l'appartement. Ils n'étaient pas là, derrière la porte, à l'attendre.

« C'est toi ? »

Il répondit fermement : « Oui » à la question de son épouse Marguerite.

Il avança vers les odeurs sucrées qui émanaient de la cuisine avec la disgrâce d'un patineur débutant. Il était ridicule. Il le savait. Il le voyait dans la longue glace qui cassait le couloir en deux parties égales. « Personnage longiligne sur un parquet ciré », se dit-il en riant. Il se recoiffa machinalement et s'attarda un instant devant son image. Il attendait beaucoup d'un léger écœurement. Mais il n'y avait rien à faire : il éprouvait pour lui-même une sympathie indulgente — de la nature de celle qu'on éprouve pour des êtres avec lesquels on a longtemps vécu et dont on se dit, un peu consterné bien sûr, que les rencontrant aujourd'hui, on passerait à côté d'eux sans s'y arrêter — mais c'était de la sympathie. Il allait rester « comme ça », pensait-il et cette idée, jusqu'à cette idée, l'amusait.

Il arriva dans la cuisine : « Bonjour Marguerite. »

Il laissa les patins dans le couloir, dit : « Ça sent bon », s'approcha de sa femme, posa ses lèvres sur la peau dont il avait autrefois tant aimé la carnation, ferma les yeux pour en retrouver l'ancienne saveur. La joue de Marguerite était tiédie par la chaleur de la plaque électrique comme après une exposition à un soleil de printemps.

« Quoi de neuf ? demanda-t-elle de sa voix haut perchée, en le repoussant d'un mouvement d'épaule. Ne reste pas si près, tu vas faire tourner la crème. Et puis... je sens l'ammoniaque. Regarde ! » Elle lui montra la paume de sa main gauche dont chaque ligne, chaque strie étaient accusées comme après un bain prolongé.

Marguerite était ambidextre. On était vendredi. « J'ai failli me faire renverser par une voiture... » Il allait rectifier quand Marguerite le devança. Elle l'avait prévenu. Il était en ce moment très fatigué, comme tout le monde puisqu'on arrivait au cœur de l'hiver, saison très éprouvante pour l'équilibre, bien plus éprouvante, contrairement à ce qu'on affirme ici ou là, que le début de l'automne ou l'entrée du printemps, demi-saisons, bien sûr, un peu bâtardes, mais le solstice d'hiver... « surtout pour toi qui ne connais absolument pas tes limites... tu es pourtant bien placé pour le savoir !

Quand je te vois aussi distrait, comme ça... Tu ferais bien d'aller voir Morin avant de tomber malade ». C'était une idée singulière. Il irait.

« Ah ! dirait Morin, en évoluant parmi les odeurs blanches d'éther et l'alcool. Pour qu'un Malthusse vienne me voir, il faut vraiment que la situation soit désespérée. Qu'est-ce qui amène le fils de mon regretté confrère ?

— Ma femme. »

Il tomberait malade. Elle dirait : « J' t'avais prév'nu, j' t'avais prév'nu » sur l'air de B-A-C-H.

Elle tournait la crème et parlait, parlait, « figure-toi que... », parlait.

Il mit les mains dans ses poches et se balança d'avant en arrière comme un athlète au départ d'un saut.

Il vit la mouche tomber dans le liquide jaune. Marguerite le regardait, lui, au lieu de surveiller la cuisson. Ses lèvres remuaient, chaque expiration repoussait le petit nuage de vapeur blanchâtre. Entraîné par le tourbillon, l'insecte cessa bientôt de se débattre. Il disparut dans le goulot de l'entonnoir creusé par le mouvement inlassable de la cuillère. Puis la mouche réapparut. Il joua à parier sur l'endroit où elle émergerait. Il perdit deux fois, gagna, perdit encore trois fois, tandis que Marguerite lui conseillait de profiter de ses vacances pour se reposer, « ... même plus ouvrir une partition, même pas toucher à ton violoncelle... Il te reste dix... Non ! neuf jours devant toi... Mon Dieu, comme le temps passe vite... Et quel besoin as-tu en plus de retourner là-bas ? D'abord, c'est loin, en outre, veux-tu me dire ce que tu as de commun avec eux, mis à part la musique, mis à part le fait que tes parents y aient passé leur temps ?

— C'est ça que je n'arrive pas à mettre à part. »

Elle cria : « Victor ! Une mouche ! » Il la retira de la crème. « Tu te rends compte, ajouta Marguerite. Une mouche en plein mois de décembre !

— Ah oui ! Je ne m'étais pas fait la réflexion », dit l'homme mollement et, tandis que Marguerite lui expliquait qu'aussi longtemps qu'il y aurait des poubelles dans l'immeuble même, il y aurait des mouches partout en n'importe quelle saison, il s'abîma dans la contemplation de la vapeur qui montait au-dessus de la casserole. « L'amour fout le camp », se dit-il. Il ne lui en restait que le souvenir précis, qu'un rien déclenchait : un geste, un parfum, un instant d'abandon, pour le plonger aussitôt dans une douloureuse nostalgie, comme lorsqu'il évoquait ses morts. Elle dit : « Tu ne m'écoutes pas », et il protesta : « Si, si ! » mais sans conviction.

Elle ajouta qu'il n'y avait plus un seul endroit de la ville où l'on n'en parlât plus et qu'on ne pouvait pas rester comme ça, les mains dans les poches, à laisser faire les choses.

Elle avait retiré la casserole du feu et s'était penchée au-dessus du bac en porcelaine pour se laver les mains. Elle procédait lentement. Les mains glissaient l'une sur l'autre, s'étreignaient comme deux corps amoureux, ne se lâchaient pas. Il sourit. Elle tournait son visage vers lui. Les cheveux bruns, coupés au carré et rejetés derrière les oreilles, elle lui présentait son profil, régulier depuis le front jusqu'à la bouche, un peu ennuyeux sur les trois quarts de sa figure, mais qui s'avançait tout d'un coup, avec le menton volontaire, proéminent, qu'il voyait un peu menaçant, comme un poing, ou d'une solidité extrêmement rassurante. Il sourit encore plus largement. Voilà qu'elle entra dans une de ces colères qui lui faisaient craindre qu'elle ne se démontât entièrement. « Ça te fait rire ? Alors que c'est vraiment ignoble !... Mais qu'est-ce que j'ai fait au ciel pour avoir un bonhomme pareil ! Qui ne range jamais ses affaires, s'étonne de les perdre, n'est plus capable de la moindre indignation !...

— Si, si, je m'indigne, protesta Victor. Mais pour cela, il faut que j'entende... C'est le son de la voix qui perturbe le sens...

« ... Remarque ! disait Marguerite, soudain calmée. Nous aussi, au début, ça nous a fait rire. On était toutes ensemble, pendant que tu jouais chez les Saint-Maure... On avait déjà entendu cette histoire dans les classes, mais distraitement... On n'y avait pas prêté plus d'attention que ça... Tandis que là... Mais ça nous a fait rire, il faut être honnête... C'est à cause d'elle toujours derrière sa caisse... »

Marguerite revit très distinctement ses amies

disposées autour de la table rectangulaire de la salle de réunion. Ça sentait le tabac blond. Elles avaient un peu bu. Le bois était poisseux. Arlette Charlet était trop parfumée, comme d'habitude. Il y avait des miettes de galettes partout et Marguerite mimait Mme Suzini dans son magasin, ce qui n'était pas difficile. L'une d'entre elles avait suggéré qu'on terminât la deuxième bouteille.

Marguerite revoyait tout bien distinctement, mais c'était comme une photo ancienne qu'elle eût découverte inopinément. Elle se reconnaissait, bien sûr. Simplement, elle ne parvenait pas à restituer l'atmosphère. Elle ne retrouvait plus ce qui avait illuminé son regard et creusé autour de ses yeux, de sa bouche, ces rides provisoires du plaisir.

Alors elle rit, en un curieux hoquet sec et bref, émis dans le seul espoir de déclencher le mécanisme du rire impérieux qui avait laissé, quelques heures auparavant, les muscles de son ventre tout endoloris. Mais la gaieté n'affleurait pas. Elle restait le secret de l'image. Marguerite eut beau évoquer Millie Suzini, son visage plat, son corps lourd qui, à force d'immobilité, finissait par ne plus se désolidariser de la caisse derrière laquelle elle était assise à longueur de journée, elle eut beau l'imaginer dans le rôle d'une complice de trafic de drogue, de Blanches, de n'importe quoi — puisque la rumeur, en s'enflant, avait pris l'aspect d'un monstre polymorphe — sa joie ne revenait plus. Elle recommença à rire, de même qu'elle se fût répété une série de notes ou l'hémistiche d'un vers jusqu'à ce que la sonate entière, ou le poème, lui revînt à l'esprit. En vain. Résignée, elle dit : « On s'est bien amusées », avec un air malheureux qui attendrit Victor, bien qu'à la voir faire tant d'efforts pour se remémorer ces instants prétendus agréables, il ait fini par douter de la sincérité du plaisir qu'avait éprouvé Marguerite.

Elle ajouta que, cette fois-ci, c'était grave. « Est-ce que tu vas te décider à faire quelque chose ? » lui demanda-t-elle, les poings sur les hanches. Il se sentit envahi par un lourd sentiment de culpabilité, dont il ne s'expliquait pas l'objet. « Vas-tu m'expliquer de quoi il s'agit ?

— Ça fait une demi-heure que je te parle de ça, que je ne parle que de ça ! La rumeur, la rumeur, ça recommence ! On dénonce, on explique, on comprend et ça recommence. Tout ce qui est enfoui de pire resurgit ! »

Alors elle raconta de nouveau, le plus calmement possible. Il dit : « Mais non, c'est arrangé. J'ai déjà dit que c'était faux, que c'était impossible. » Elle se mit à crier en battant l'air de ses bras, longtemps. « D'accord ! J'irai les voir ! J'irai voir avec eux. Demain matin... En attendant, j'ai une autre idée... » Il sourit doucement et rabattit ses cheveux sur les joues de Marguerite, caressa ses lèvres et se pencha vers elle en glissant sa main sous son chandail. Mais elle le repoussa, expliqua que, ce soir, à cause de cette histoire, elle avait « conseil de guerre. Je suis chargée d'amener le dessert. C'est pour ça que j'ai fait cette crème.

Viendras-tu ? On a besoin de... » Alors il dit qu'elle avait raison, qu'il devait se reposer et qu'il allait commencer tout de suite.

Marguerite était si excitée à l'idée d'avoir une cause à défendre qu'il pensa cyniquement : « Au fond, chacun y trouve son compte... »

*

Le boucher venait de repousser le rideau de fer de sa boutique. Mais c'est à peine si Victor l'entendit. Il pensa simplement que, ce matin, il s'attardait à regarder le pont, dans la lueur argentée de ce samedi d'hiver. Il avait gelé toute la nuit. La glace avait emprisonné un tas de mégots à filtre jaune dont un conducteur avait débarrassé son cendrier, un mouchoir dont la pointe dépassait, raidie par le froid, telle une voile vue de loin, sur une mer polluée. Un peu plus bas gisait, sur son flanc, une chaussure à talon rouge, seul vestige de quelque drame nocturne — fuite ou enlèvement. Le commis envoya son seau d'eau bouillante et savonneuse. La glace craquela à ses pieds ; le coin du mouchoir s'effondra et tout fut entraîné vers l'aval, la chaussure et les ordures, jusqu'au regard d'égout. Plein d'indécision, se demandant s'il devait prendre cette histoire au sérieux, et surtout ne comprenant pas pourquoi il ne suffisait pas de dire : « C'est faux. C'est impossible », pourquoi il fallait encore abandonner le pouvoir des mots à la rumeur dominante, il restait adossé à son pilier de pierre, comme il le faisait depuis l'enfance. Il sentit le froid le gagner. Alors seulement il s'en arracha. Il leva les yeux vers la façade de l'immeuble et s'aperçut que la petite Suzini le regardait, sans doute depuis un moment. Elle rabattit le rideau. Par transparence il la voyait encore. Il enjamba le caniveau qui fumait jusqu'à hauteur de ses genoux et traversa la rue à grands pas, en s'efforçant d'adopter la démarche d'un homme résolu et pressé par le temps.

Au moment même où il montait sur le trottoir, Jean-Pierre Suzini passa devant lui. Malthusse leva le bras mais le laissa retomber. Cet homme n'avait donc cessé de l'impressionner depuis le jour de son arrivée. Il était comme l'incarnation d'une peur enfantine que l'on n'arrive pas à conjurer — ne serait-ce que parce que l'on ne s'en explique pas l'objet.

Il se dirigea vers la boutique. Il laissa sa main sur la poignée de la porte, un instant, puis il l'abaissa brusquement, déclenchant les quatre notes qui l'accompagnèrent à l'intérieur, plus chaudes ici que dehors, plus riches en harmoniques.

Millie ne releva pas la tête. Elle tournait les pages d'un grand cahier de comptes. Assise au bout de l'allée, le bas du corps caché par le cube de stuc à peine plus large qu'elle, elle régnait sur son capital de vêtements avec autant d'innocence qu'une petite paysanne installée, à l'occasion d'une fête, sur un trône de pacotille. Une cliente remonta l'escalier qui menait au sous-sol, immédiatement suivie d'une jeune fille. La femme posa la main sur la rambarde de cuivre qui, entourant la caisse, semblait délimiter son champ d'action à Millie. Celle-ci se saisit du ticket, déclencha l'ouverture du tiroir, prit les billets, rendit la monnaie en jetant sur son vis-à-vis un regard inexpressif d'abord, puis empreint d'une curiosité légèrement méfiante.

Victor s'écarta pour laisser partir la femme et sa fille. Il s'approcha de Millie qui le regarda venir, sans manifester d'étonnement. Elle s'essuya les mains à sa robe, plusieurs fois, d'un geste de timide.

Il était aussi grand que Suzini. Dans son visage aux traits accusés, précocement marqués, son regard tendre, toujours rieur, semblait avoir été miraculeusement sauvé de quelque désastre. Il était élégant par politesse, sans plus. Il avait de très grandes mains et des attaches maigres, des bras longs, longs, comme si le fait de les envoyer cent fois en avant pour les dégager de ses poignets de chemise et jouer plus aisément, lui avait fait gagner, au fil des années, quelques centimètres. Il s'immobilisa devant la caisse, sourit et dit à Millie, d'une voix un peu hésitante : « Il faut que je vous parle. » Millie baissa les yeux et regarda droit devant elle, à travers le corps de Malthusse, comme si elle cherchait à retrouver son spectacle quotidien, de tous les instants. Il insista : « Il le faut absolument. » Elle demanda : « De quoi ?

Nine a-t-elle fait quelque chose ? Je ne sais jamais où elle est... » et ses paupières se soulevèrent, lourdement. « Non, non. De cette... de... On raconte..., balbutia Malthusse. — Je sais, dit-elle. C'est faux. » Elle eut un sourire fragile. Il resta là, devant elle, les bras ballants, gagné par sa dolence. Il dit que ça ne suffisait pas. « Aussi bizarre que ça puisse paraître : démentir ne suffit pas. Il faut répondre par une accusation. » Elle haussa les épaules et ne les rabaissa pas immédiatement. Elle s'immobilisa ainsi, son cou enfoncé dans son corps. Soudain elle s'avança légèrement et s'agrippa à la fine barrière dorée, de ses deux mains potelées aux ongles longs et peints qui rentrèrent dans la chair de ses paumes. Mais elle n'alla pas plus loin. Elle cessa de regarder droit devant elle. Elle tourna la tête. Elle eut alors les yeux fixés sur le mannequin qui occupait, seul, la petite vitrine de gauche de ce magasin asymétrique.

Il était derrière un rideau de tulle bleuté qui se soulevait à cause du vent. La grande poupée de cire avait encore été bougée. Elle était recroquevillée sur elle-même, maintenant, un bras derrière, repoussant on ne savait quoi — quel adversaire, quelle tentation — la tête penchée, prête à tomber la face dans la main droite dont les doigts étaient disposés en corolle. Le corps tout contracté, comme en proie à la douleur ou au fou rire, son visage pourtant n'exprimait rien. Le maquillage en avait été essuyé grossièrement, laissant des traces, évoquant là encore ou bien une femme qui a pleuré et s'est calmée, ou bien une femme qui a fait l'amour et se repose.

Victor posa sa main à côté de celles de Millie sur la petite barrière. Elle était un énorme bloc d'appréhension et d'attente silencieuse, déjà résignée, aussi marmoréenne malgré sa noirceur que les parois de stuc qui dérobaient ses courtes jambes au regard de Malthusse. Il fit glisser ses doigts et la toucha. Tout doucement elle rougit. Il se dit que peintre, il eût donné à sa bouche exactement la forme et les couleurs qu'elle avait. Ses lèvres étaient grasses, ceintes d'un trait brun. Elles s'écrasaient l'une sur l'autre, un peu boudeuses. Elle le regarda de ses yeux effilés de chatte somnolente et dit : « C'est faux. Ça l'a fait rire. A la fois ça l'a fait rire et il était vexé de n'y avoir pas pensé lui-même. Il aurait bien été capable de monter le coup alors qu'il n'aime que les chevaux, passion à laquelle il faut ajouter celle qu'il voue au gaspillage. Il aurait été capable d'avoir touché ce qu'il déteste toucher pour le seul plaisir d'entendre dire des horreurs. Grand, grand plaisir, pour lui. Aussi grand que de monter à cheval, de parler de chevaux. » Et elle se tut.

Elle avait une voix nasillarde, un peu irréelle, de ventriloque. Elle ajouta : « C'est évident. S'il n'y avait pas eu ça, il y aurait eu autre chose, c'est évident. » Puis elle lui sourit gentiment, comme pour l'excuser de n'y avoir pas pensé. Ils sursautèrent tous les deux car, absorbés par leur contemplation réciproque, ils n'avaient pas vu Nine arriver. Elle s'accouda au minuscule comptoir, écarta un pan de sa cape et découvrit un livre qui, dépassant de sa poche, faisait une tache jaunâtre sur sa veste de laine. Elle sourit au professeur de violoncelle et, sans le quitter de ses yeux aussi brillants que ceux de sa mère étaient mats, sans marquer l'interrogation non plus, comme pour lui laisser toute liberté de ne pas répondre, elle demanda : « Millie, Millie, sais-tu que M. Malthusse est notre voisin d'en face.

— Oui », répondit Mme Suzini.

Alors l'adolescente tourna vivement son visage vers sa mère. Elle l'enveloppa d'un long regard tolérant, tendre et protecteur. La femme soupira — « non pas un soupir de lassitude, nota Malthusse, mais une expiration prolongée, comme si elle avait inhalé trois ou quatre bouffées d'air et avait oublié de souffler entre chaque inspiration ».

Elle dit encore : « Vous devriez monter prendre quelque chose de chaud si vous avez à parler. Millie, tu manques à tes devoirs les plus élémentaires de maîtresse de maison », avec une politesse cérémonieuse dont ses yeux se moquaient. Elle eut alors un geste curieux : elle désigna l'endroit où la petite barrière de cuivre s'interrompait, ménageant un intervalle de la largeur d'une main — c'était là l'unique voie de communication entre Millie Suzini et le monde extérieur : un passage par lequel elle ramassait l'argent et rendait la monnaie, sans un mot, à moins qu'elle n'y fût invitée. Nine semblait ainsi suggérer à Victor de se miniaturiser avant de pénétrer chez les Suzini par cet espace réservé, comme un portail enlevé, entre les deux segments de la rambarde. Millie ne réagissait pas.

Nine écarta alors les bras, présentant ses paumes au plafond enduit d'une peinture brillante, d'un gris argenté, qui renvoyait du magasin une image renversée, légèrement liquide. Malthusse se vit suspendu par les pieds. « Enfin ! Millie ! Tu vois bien qu'il veut te parler ! Mme Faure peut bien s'occuper de la boutique. » Puis elle ajouta à la seule adresse de Victor : « L'inconvénient, c'est qu'à déployer tant de forces pour mettre fin à ces ragots, on va finir par faire croire qu'il y avait vraiment quelque chose. On va même probablement être obligés d'en exagérer le contenu, d'inventer des coupables. Si bien que tout le monde aura menti, pour son propre compte. Comme d'habitude.

« Millie ! répéta-t-elle avec une douceur un peu lasse. Tu peux bouger maintenant. »

Mme Suzini acquiesça en abaissant ses paupières. Elle ne gagna pas un centimètre à s'être levée. Debout, monolithique et comme faite d'une pâte malléable, elle donnait malgré tout l'impression d'être derrière quelque chose, derrière sa propre gaine de graisse, plus inaccessible finalement, parce qu'elle se méconnaîtrait, que ne l'étaient eux-mêmes, de l'intérieur du magasin, les mannequins dissimulés par leur voile de tulle bleu.

Victor regardait Nine avec une stupeur mal réprimée. Il lui était impossible de se dire qu'elle était moins étoffée, moins charpentée, moins âgée que Millie, que le sang de son père avait atténué, chez elle, le métissage probable de Mme Suzini. Elle était plutôt une version pâlie, fragile, mais déterminée et condensée de Millie — si condensée même que Malthusse ne l'eût exposée ni au froid ni à la chaleur, de crainte qu'elle n'explosât, telles ces bombes de laque dont usait Marguerite pour se confectionner son casque de cheveux noirs. Elle le mettait mal à l'aise. Elle avait un air de sagesse et de patience, une attitude maternante qui, lui rappelant Mame dans ses moments de lucidité, le fit penser que Nine avait cent ans et ce, depuis longtemps.

A chaque fois qu'il se remémorerait le passage des Suzini dans sa ville, Victor Malthusse reverrait le regard qu'elle adressa à Millie quand celle-ci s'apprêta à répondre à la question qu'il lui posa pour détendre l'atmosphère et qu'il n'aurait jamais dû poser en la présence de sa fille : « Mais pourquoi SUZINI ET FILS ? Et pourquoi ce B-A-C-H ? » chantonna-t-il : un regard plus menaçant qu'un geste de violence, qui enjoignait plus sûrement au silence que si elle avait écrasé la bouche de Millie dans sa main, un regard pourtant calme, pourtant chaud ; un léger sourire flottait même sur ses lèvres.

Il ne devait pas plus oublier ce sourire, ce regard, la fugitive paralysie de Millie, que les paroles de Nine — elle lui répondit avec cette exquise politesse, presque masculine, presque galante, qui le ramenait dans le rang des femmes et devait teinter toutes leurs brèves conversations à venir : « Le culte des morts auquel il se voue est d'une nature aussi moyenâgeuse, aussi régressive, que la rumeur dont il est aujourd'hui la victime. » Elle dit cela de sa voix terne comme si ne la concernaient ni ce mort — pourtant son frère —, ni ce « il » par lequel elle désignait Jean-Pierre Suzini qui avait eu l'idée perverse de rappeler, à chaque fois que la porte s'ouvrirait, le prénom de son fils tué sous ses yeux, comme Victor devait l'apprendre plus tard, en traversant la rue, ni cette rumeur — alors même que, remontant la rue Royale, plus personne ne la saluait sur son passage.

Elle ajouta : « Avoir été... toujours : avoir été... » puis, sur le même ton : « Je rentrerai à l'heure. » Soudain, elle rit, les yeux brillants : « Les gens ont trouvé que c'était une bonne idée, un très joli "indicatif sonore", un clin d'œil à la clientèle cultivée, un excellent argument de vente... Il est vrai qu'on tient tous plus ou moins boutique de nos infirmités... » Puis elle pivota, dans un gracieux mouvement de cape, et sortit.

*

« Ça s'en va comme ça tous les jours, dit Millie qui avait retrouvé l'usage de la parole. Ça sort et ça ne dit jamais où ça va, ni ce que ça fait. Ça ne dit jamais rien. Ça rentre à l'heure. » Elle hocha sa bonne tête, sourit doucement et conclut : « Ça ne s'aperçoit de rien du tout, mais je me demande ce que je ferais sans elle. Elle est la seule à pouvoir résister à cette autorité tellement, tellement... enfin ! »

Elle appela Mme Faure qui monta précipitamment l'escalier. « Qu'est-ce qui se passe encore ? demanda-t-elle en regardant Victor Malthusse avec hostilité. — Non, non, dit Millie avec un geste apaisant. Ni journaliste, ni policier, rien... Un... Un ami ? »

Elle interrogea Victor du regard. « En quelque sorte, dit celui-ci. Je me porte garant », ajouta-t-il d'une voix ferme, en mettant ses mains dans ses poches au fond desquelles il trouva un peu de monnaie qu'il tripota nerveusement.

« Non, parce que moi, expliqua Sylvia Faure, ça fait déjà deux scènes que me fait mon mari. Au prix où sont les places, je ne voudrais pas perdre celle-ci, mais d'un autre côté, au prix où sont les maris... » Elle boutonna son chemisier mais le ramena si bien sur le devant que le décolleté était aussi profond. Les yeux fouillant la transparence du corsage avec autant d'application que s'il était devant une toile, autant de légitime curiosité, Malthusse dit que très probablement cette histoire allait se tasser, que ça n'était pas la première fois...

« Ah ! oui ! se rappela la vendeuse. Je me souviens que mes sœurs avaient parlé d'une rumeur semblable... il y a au moins quinze ans... mais là, c'était des Juifs, alors c'était forcément un peu vrai... »

Malthusse serra ses poings dans ses poches. « Nous avons à parler », dit-il sèchement. Et il entraîna Millie vers la porte du fond.

Dans l'escalier qu'elle monta avec une légèreté inhabituelle, Millie croisa Mme Barrière qui évita son regard. Quand sa voisine de palier eut disparu, Mme Suzini rit dans sa main et s'immobilisa si brusquement entre deux marches que Victor, perdu dans l'examen du mouvement de ses hanches, se heurta à son corps généreux, qui exhalait une odeur un peu fade, inoffensive, dont il eût presque dit qu'elle était silencieuse. « Oh ! pardon ! » Il lui adressa un sourire troublé, lui prit le coude et lui répéta : « Pardon, vraiment, je suis désolé... » Millie rougit et porta ses doigts à ses joues. Elle avait des ongles longs, d'un ovale parfait et vernis d'un rouge sombre qui respectait la lunule et allongeait ainsi ses doigts un peu courts. Mais sa grosse bague de diamants ne lui allait pas. Plus précisément, c'était Millie qui n'allait pas à la bague, comme si l'on avait moins glissé ce bijou à son annulaire que rapporté Millie tout entière sur cette bague qui donnait l'impression d'avoir été trouvée, offerte par erreur, ou choisie pour son prix, parce qu'elle correspondait à une somme d'argent déterminée que Jean-Pierre Suzini avait décidé de dépenser pour sa femme. Malthusse l'imagina entrant chez un bijoutier et demandant :

« Vous m'en donnerez pour tant... » Et il en était ainsi de tous les objets, lustres, tapis et meubles que Victor eut le loisir de voir, ce jour-là et les suivants, dans l'appartement agencé avec un goût hésitant, incertain. Chaque chose semblait encore porter son étiquette, son certificat d'authenticité. On entendait derrière elle les conseils d'un vendeur intéressé au bénéfice. Propre mais maladroitement, comme naïvement décoré, il en émanait une atmosphère de précarité qui attendrit Victor aussitôt qu'il y pénétra.

Millie s'était d'abord remise en mouvement dans l'escalier. Tout en montant, elle lui expliqua qu'elle s'était aperçue rétrospectivement du changement d'attitude de Mme Barrière, des autres locataires, des propriétaires de l'immeuble. Gina était partie au début de la semaine. « Monsieur se promène nu d'une pièce à l'autre, devant moi, exprès pour que je le voie... Il est vrai qu'il est bel homme... très bel homme, même... mais ça n'est pas de la moralité », avait-elle dit sur la place du marché, au bord du fleuve, à quelques centaines de mètres du cabinet de Vincent Samski, apportant ainsi sa modeste contribution à la rumeur. Et celle-ci enflait, se transformait...

« ... Les commerçants ne me disent plus bonjour, poursuivit Millie en ouvrant la porte, en l'invitant à entrer chez elle, sauf les Gault, puisque c'est elle, la première, qui est venue nous prévenir... C'était mercredi dernier, oui : la veille de Noël... »

Et voilà qu'elle parlait, parlait, elle qui n'avait jamais tant parlé — mais sans bavarder vraiment, pensa Victor, car elle avait l'air de demander pardon pour toutes ces paroles qui s'écoulaient de sa bouche, non pour vouloir dire quelque chose — elle n'était pas certaine d'avoir raison et encore moins d'intéresser Malthusse — mais parce que, prononçant ces mots les uns après les autres, elle faisait silence sur son trouble, sur cette molle chaleur qui l'envahissait, son embarras. Elle parlait mais, au fond d'elle-même, elle reconnaissait en ses sensations présentes la nature de celles que déclenchaient, depuis quatre mois, la seule vue de Victor, un salut, quelques mots échangés sur le trottoir. Une part de Millie disait que Jean-Pierre savait cela depuis le début de la semaine, probablement, et qu'il tenait absolument à s'en occuper seul, à n'être pas « dépossédé » — ce fut ses propres termes — de ce qui lui arrivait, et lui arrivait à lui seul. Il verrait d'un mauvais œil, et le voyait déjà, le mouvement de solidarité qui s'amorçait autour de lui. L'autre part de Millie, celle qui se nichait depuis des temps immémoriaux sous sa gaine de graisse, éprouvait un étonnement mineur, comme si cette émotion maintenant orchestrée, était un développement logique, tout à fait prévisible, d'une émotion qui se fût élaborée en elle, au secret, sur quelque instrument de travail dont elle ignorait jusqu'alors l'existence.

Victor Malthusse croisait et décroisait les jambes, déplaçait les objets sur la table basse du salon, toussait de temps en temps, opinait du chef, un sourire détendu aux lèvres. Il remettait sa mèche blonde, la lissait, trouvait à la petite Mme Suzini un charme mou et reposant, se disait que les événements ne prenaient pas la tournure qu'il aurait aimé leur voir prendre, pensait qu'il n'y avait pas d'autre événement que son désir à la fois incompréhensible et paisible, paisible et impérieux, d'une autorité douce à laquelle il n'avait plus qu'à se remettre, qu'il n'y avait pas d'autre réalité que leurs reflets superposés par l'illusion d'optique, là-bas, dans la glace verticale de l'angle du salon. En lui, quelque chose riait de lui-même : il aurait beau faire, il ne serait jamais un homme d'action.

Puis Millie se mit à pleurer, tout à coup, mais doucement, en racontant que la veille, il avait giflé Nine, qu'il... « Il a dit qu'on lui prenait jusqu'à ses malheurs, qu'il aurait préféré y avoir pensé lui-même et que loin de se défendre, il allait en rajouter, et qu'on verrait ce que c'est... Et ce matin, disait Millie, ce matin, il était comme les autres jours. Il aurait fallu que nous soyons comme les autres jours... Et moi, je n'ai jamais rien décidé. Je ne sais même pas si je suis capable de décider quelque chose... »

Millie pleurait, parlait et ça riait toujours, en lui. Il détaillait le visage de la femme, le trajet des larmes sur ses joues pleines, le mouvement nerveux de ses mains comme si, n'ayant plus d'images d'autrefois, il devait se constituer une mémoire pour les jours à venir. Il se disait que, bien plus tard, évoquant la rumeur avec Marguerite et tous ceux qui auraient AGI, l'évoquant encore à La Rotonde où il retournait depuis des années — parce que, ayant perdu tout souvenir de son enfance, il ne voulait pas, en plus, perdre les habitudes auxquelles elle était liée — bien plus tard, des années et des années plus tard, tandis que les autres parleraient des démarches faites auprès des associations, de la presse, des responsables politiques, des ligues et des partis, il ne réussirait jamais qu'à mêler à leur conversation le film d'une petite scène d'intérieur : une femme pleure, il se lève, il ne sait même plus pourquoi elle pleure, on est le samedi 27 décembre. Dehors il gèle. Il n'a aucun talent pour le désespoir qui rend toute chose indigeste. Il est debout. Il la pousse un peu...

« Allez ! Allez ! Faites-moi une petite place. » Elle a un sourire de consentement un peu étonné. Il lui entoure les épaules de son bras maigre, joue avec ses seins, attire son visage contre le sien. Elle s'abandonne, toujours lascive, puis elle perd de cette mollesse. Sa respiration s'accélère. Au goût salé de ses lèvres, se substituent celui de sa langue, qui sent la menthe, puis celui de sa peau. C'est elle qui commence à le déshabiller, se déshabille avec une impatience dont nul ne la soupçonnerait capable, elle qui tend les bras, le caresse, ouvre son corps, dit : « Viens » de sa voix enfouie, puis se tait...

Victor Malthusse pensait qu'il se souviendrait de tout ça et que ça suffirait bien à sa mémoire.

Elle le regarda se revêtir, de nouveau paresseuse, comme ailleurs. Puis elle se redressa, se cacha derrière ses vêtements, renversa sa tête en arrière et contempla le plafond blanc. Alors elle eut une expression qui n'appartenait qu'à elle : elle eut l'air « de rien », non comme si elle avait relégué l'homme et la rumeur au rang de l'oubli, mais comme si, envisageant l'avenir, elle ne pouvait décidément le voir que telle une page aujourd'hui blanche, que demain, de toute façon, d'autres écriraient pour elle.

2

Quelques minutes avant la sonnerie, le concierge du collège Saint-Julien sortit sur le trottoir. Beaucoup de voitures étaient déjà garées, certaines en double file, gênant la circulation. Quelques conducteurs laissaient ronronner leur moteur, appuyant même sur l'accélérateur, vaniteux au point de penser que leur impatience aurait de l'influence sur l'humeur des pendules. La neige s'encrassait.

Le concierge se souvint d'un champ blanc et de la trace de ses propres pas. Ce fut tout. C'était si loin.

La neige s'effondrait par petits paquets des toits de tôle, des gouttières, du bord des fenêtres, puis elle fondait et gonflait les rigoles qui s'étaient organisées ici et là, au hasard des pentes, des craquelures dans le goudron. Toutes confluaient dans le caniveau en un fleuve lent, miniature, lourd de boue, qui hésitait sur la direction à prendre. Chaussés de bottes pour la plupart, les parents d'élèves, les mains dans les poches, tapaient des pieds sur le trottoir. Non qu'il fît vraiment froid, mais c'était tellement humide. La neige fondue traversait le caoutchouc, le cuir, venait mordre les chairs, imprégnait les lainages, comme s'il avait plu à l'intérieur des corps. Le bas des pantalons et des manteaux, la tige des bottes étaient constellés de microscopiques éclaboussures.

Le gardien regarda à droite et à gauche. Il se sentait investi d'une responsabilité infinie. Il se retourna, posa ses mains à plat sur chaque battant du portail, rentra sa tête, s'immobilisa ainsi dans l'attitude d'un homme qui s'apprête à plonger puis, d'une impulsion unique, puissante, il ouvrit les deux lourds ventaux.

Il se redressa, guetta le bruit du choc des battants contre les butoirs, leur imperceptible hésitation puis le son, métallique, des crochets qui se soulevèrent et s'abaissèrent, emprisonnant les portes comme dans un piège. Il lui sembla que toute la rue, un instant suspendue à son geste, manifestait une impatience grandissante, de la nature de celle du public au moment de l'ouverture du rideau de scène. Il sourit, satisfait, contempla au-dessus de lui l'arceau dans lequel était encastrée une statue sulpicienne délavée par le temps, légèrement courbée, entraînée vers l'avant par le poids de la neige qui s'était déposée sur son crâne et ses mains en prière. Au moment où il passa sous cette voûte et comme s'il en avait donné le signal, la sonnerie aigrelette, irritante, retentit dans les bâtiments, déborda dans la cour et bientôt dehors où elle perdit de son intensité mais rien de son pouvoir : la rue soupira d'aise, libérée de son attente.

L'homme rentra dans sa loge. Il entendit passer le troupeau de filles. Dans son innocence, il se dit qu'elles sortaient, qu'elles avaient devant elles quinze jours de liberté. Il ne savait rien. Il ne savait pas à quoi il avait ouvert les portes. Il n'avait aucune idée de ce qui maintenait béants les deux ventaux, de ce qui poussait sur le trottoir cet essaim de petites filles et d'adolescentes, tous âges confondus. Il croyait à la force de ses bras, à son tour de main, peut-être encore au mystérieux pouvoir de la statue. Mais le reste était pour lui simple affaire de mécanique : les butoirs, les crochets de fer — et même de mécanique humaine : elles avaient été si longtemps enfermées, c'était un fort courant, un légitime besoin de liberté qui les poussaient dehors. Elles déferlèrent sur la rue, et ce ne fut qu'une seule vague, faite d'une centaine de silhouettes encore solidaires, et la vague émit une rumeur, une sorte de mugissement animal, perçant, qui domina le ronronnement des moteurs, tout à l'heure triomphant, qui devait être entendu de bien plus loin, sans doute de la place, en haut de la rue Royale... Peut-être même cette rumeur, déjà, s'engouffrait-elle sous les arcades et, entraînée par la déclivité, venait-elle jusqu'à couvrir le murmure du fleuve, étouffer le bruit des dragues.

Le vieux gardien hocha la tête avec indulgence, marmonna qu'elles avaient le diable au corps. Il avait déjà tourné le dos à la cour. Il s'installa à sa table, déplia lentement le journal. Il ouvrit son tiroir et sortit les sardines, son couteau, l'ouvre-boîte. Il posa le tout sur le journal déplié en guise de nappe. Il se frotta les mains jusqu'à sentir entre ses paumes un petit rouleau de crasse et de sueur dont il se débarrassa, sur le bord de la table en bois.

Il ne retirait jamais son béret. Il ne savait plus s'il avait commencé à le porter à cause de sa calvitie ou s'il était devenu chauve à cause du béret. L'ordonnance logique des souvenirs... c'est la première défaillance de la mémoire, la première d'une longue série de trahisons. Tout à l'heure il irait refermer les portes. D'abord il mangeait. Il avait une manière toute particulière de découper les tranches de pain. Il tenait la miche contre sa poitrine et attendait de sentir la lame du couteau toucher ses côtes. Un jour, quelqu'un entrerait brusquement derrière lui. Il sursauterait. Il y avait tant de forces dans ses bras qui repoussaient d'une seule impulsion les battants épais du portail, tant de force dans ses doigts qui étouffaient un canard d'une seule étreinte que, dans cet unique sursaut, il se planterait le couteau dans le cœur. Mais, pour l'instant, il devait manger. Il posa les sardines les unes à côté des autres sur la tranche de pain, versa l'huile sur la mie blanche, se lécha le pouce. Tous les jours la scène se répétait à la même heure, l'heure de sa faim, quand les jeunes filles sortaient... peu de filles d'ordinaire, car les internes restaient à l'intérieur, enfermées... sauf six, sept fois par an, avant les vacances... Il avait alors l'impression de les délivrer lui-même... il ne devait pas rater l'ouverture des ventaux... il pensait : « délivrer ».

Il ne savait rien.

Il était le fils de l'ancien concierge du collège Saint-Julien. Il n'en était guère sorti, d'abord. Puis plus du tout. C'était si loin maintenant... Il se faisait des illusions sur l'extérieur. Il croyait qu'il existait un dehors et un dedans, qu'il avait toujours été dedans, que le dehors, désormais, n'était plus pour lui. Déjà, quand il traversait la cour et regardait le ciel, l'ivresse et l'affolement s'emparaient de lui... Mais il comprenait. Il répéta, la bouche pleine, qu'elles avaient le diable au corps et que c'était bien normal... Derrière lui, maintenant, c'était le silence... le désert... il revit le grand portail ouvert... il pensa que c'était un déséquilibre impossible, que le collège allait couler dehors selon le principe des vases communicants, que son mutisme allait participer à un bruit moyen, son calme à une agitation moyenne... alors, comme il le faisait depuis toujours, il n'essaya même pas de résister : il interrompit son repas et sortit refermer les portes pour se claquemurer dans son intérieur que l'extérieur, cet inconnu, mettait en danger.

Il passa derrière le battant de droite, le dégagea de son crochet et commença à le pousser, lentement, en économisant ses forces, il n'avait rien à démontrer... Qui attendait que la porte fût refermée ? Qui d'autre que lui ? Il avait une arête de sardines entre les dents. Il s'immobilisa, se frotta les reins, prit l'arête entre le pouce et l'index, renifla et vit l'homme.

Il n'y avait rien de menaçant dans l'attitude de ce visiteur qui avait simplement l'air d'attendre, avec beaucoup de politesse, que le vieux gardien eût achevé son travail. Il souriait même. Mais il ne disait rien. Il ne donnait pas le « motif de sa visite » et le concierge allait être obligé de l'interroger. En outre, il ne savait pas s'il devait enfermer cet élément extérieur au collège à l'intérieur du collège. Il demanda : « De quoi ? » en décollant légèrement son béret. L'homme répondit : « D'une banale histoire de livres oubliés dans une salle de classe... » et le voilà parti d'un éclat de rire juvénile dont la raison échappa à l'intelligence du concierge.

Il n'y avait rien de menaçant dans ses paroles non plus, mais le concierge avait peur. Il s'essuya fébrilement la bouche à la manche de sa blouse grise et souleva cent fois son béret, le repoussa, le remit sur son crâne lisse, un peu gras. Il se sentait dévisagé. Il sentait que quelque chose de lui était en train de passer à l'intérieur de cet homme, comme s'il avait vécu sous ce regard pendant des années et des années, parlé tout fort, rêvé tout haut, si bien que ce visiteur en saurait davantage sur lui que lui-même. Il toussa et dit : « Ah ! mais... c'est rien du tout. Je vais vous accompagner. Rien du tout, rien du tout..., répéta-t-il pour se rassurer. Quelle classe au fait ? Quel nom ?

— Samski. Isabelle Samski. Mais je ne sais pas quelle salle. Il va falloir toutes les parcourir. »

Vincent Samski ne bougea pas. Mais il avait beau faire : rester immobile, parler sur ce ton presque tendre, manifester une extrême courtoisie — il dit : « Je suis désolé de vous déranger, monsieur. Vous étiez en train de manger, n'est-ce pas ? Je peux attendre », sans même s'étonner que le concierge prît un repas à cette heure, ça ne le regardait pas. Il avait beau agrandir encore son sourire et rester adossé là, patient, la canne entre ses jambes écartées, un pied dans la cour, l'autre dehors, un peu cassé pour paraître moins grand qu'il ne l'était en réalité, le vieux gardien s'épongeait maintenant le front et des gouttelettes de sueur s'accrochaient à sa moustache jaunie par l'huile des sardines dont son haleine était chargée, comme s'il était en présence d'un fauve prêt à bondir.

Il soupira. Il regarda le battant qu'il avait repoussé jusqu'à mi-parcours, qui était maintenant parallèle à l'autre, lui donnant l'inquiétante impression que la loge allait être canalisée à l'extérieur, exactement comme lui-même était en train d'être aspiré par le silence et l'immobilité de cet homme. Il haussa une épaule, laissa les ventaux tels qu'ils étaient et dit : « On y va. » Ils traversèrent la cour sans échanger un mot. Puis le gardien n'y put résister : dès qu'il poussa la porte en face du préau, il se mit à parler. Il dit que six à sept fois par an, il avait l'impression de donner la liberté à une volée de moineaux mais que, pour rien au monde, il n'aurait voulu les suivre, qu'il ne supportait plus que de vivre dans un espace bien fermé, à l'abri de l'ivresse et des folies du monde extérieur. « Pourtant ça doit être bien beau, surtout avec ces lumières, ces étoiles tendues entre les murs des maisons », ajouta-t-il.

Sur le plancher du couloir, leurs pas composaient un trois pour deux quasi immatériel que vint submerger, soudain, le rire léger de Vincent Samski : « Il n'y a que des espaces clos, emboîtés les uns dans les autres, expliqua-t-il au concierge du collège Saint-Julien. Pas un seul espace ouvert qui ne le soit dans quelque chose de fermé... une terre-gigogne, monsieur, voilà sur quoi on marche... à l'intérieur de vous-même : un espace clos : une sorte de boîte noire ; puis vous-même dans la loge ; et la loge dans l'école ; et l'école dans la ville, et ainsi de suite... »

Samski aperçut la pile de livres et de cahiers serrée dans la ceinture à rayures jaunes et bleues. Il posa la main sur l'épaule du gardien. « Ah ! oui ! oui ! bien sûr ! dit celui-ci. Vous avez raison. » Il ajouta, entêté : « Enfin ! Je me sens plus en sécurité dedans que dehors !

— Voilà les livres », dit Vincent en souriant. Alors le vieux concierge se sentit soulagé, à la fois de sa peur et de son soupçon. « C'était donc vrai, c'était donc vrai ! » se dit-il. Il se tourna vers l'homme et lui serra chaleureusement la main. « Vous prendrez bien un petit quelque chose, un petit cordial. Il fait si froid, si froid... enfin ! si humide... On va fermer la porte de dehors, vous allez voir... Vous allez voir ce que c'est que d'être vraiment à l'abri, avec quelque chose qui vous coule, tellement brûlant, que vous en sentez votre organisation intérieure. N'est-ce pas que vous acceptez ?

— Oui, mais une larme, parce que je ne bois pas », répondit Samski. Et il rit.

Ils rebroussèrent chemin. Le vieux concierge marchait d'un pas guilleret, laissant l'homme à la traîne. Il se retournait sur lui, de temps en temps, manifestant une impatience d'enfant et Samski voyait le profil un peu plat apparaître au-dessus de l'épaule grise, le regard en biais, les iris calés dans le coin de l'œil et le globe blanchâtre, sillonné de vaisseaux écarlates. Puis la silhouette dandina sous la nuque courte et le crâne scié par le bord du béret. Les oreilles étaient décollées. Vues de dos, elles semblaient inopérantes. Ce fut à cette image de surdité que s'adressa Vincent lorsqu'il demanda soudain, en s'efforçant de prendre un ton détaché : « Vous devez entendre parler de tant et tant de choses, n'est-ce pas ? » Sans se retourner, le vieux gardien répondit : « Rien du tout. Je ne sors de ma loge que quand le collège est vide et qu'il est l'heure de le remplir, quand il est plein et qu'il est l'heure de le vider, mais jamais entre les deux, jamais quand elles sont là. J'ouvre la petite porte encastrée dans le battant de gauche, je la referme et, six ou sept fois par an, je fais la même chose avec le portail complet. Après, j'éponge les couloirs et les classes, et vous me direz que c'est une drôle d'idée qu'ils ont eue de me faire passer une serpillière mouillée sur ce parquet gris comme du bois mort. C'est peut-être pour empêcher tout ça de flamber, qui sait ? »

Il monta une marche et s'immobilisa, la main autour de la poignée ronde. Puis il dit : « Ah ! non ! Vous avez beau m'en conter sur le monde du dehors... Ça, je ne peux pas supporter, excusez-moi ! » Il laissa Samski sur le seuil de sa loge et alla refermer le portail.

« Ça, je ne peux pas, je ne peux pas, c'est comme un grand trou d'air », dit-il en revenant puis il regarda Vincent et pâlit.

Il chassa son soudain malaise d'un brusque hochement de tête, s'enhardit et l'invita à entrer.

Il referma derrière eux la porte de bois plein. La nuit était tombée. Le gardien alluma l'ampoule qui pendait nue, sans abat-jour, jusqu'à hauteur d'homme, au-dessus de la table. « Asseyez-vous », dit-il en désignant une chaise paillée du bras. Il déplaça un peu la feuille de journal, essuya le rectangle de toile cirée constellée de brûlures de cigarettes sur lequel Samski pourrait poser ses coudes. Il avait déjà mordu dans la tranche de pain dont la mie était imbibée d'huile. Une des sardines était à demi dévorée. Les autres s'alignaient tête-bêche, dans un bon ordre, évoquant un dortoir dont on eût resserré les murs, supprimant l'allée centrale.

« C'est mon heure, dit l'homme, surprenant le regard de Samski. C'est quand je les entends se ruer dans la cour. C'est plus fort que moi : il faut que je mange. »

Il se pencha sur un petit meuble, en sortit deux verres et un carafon de gnole. Il les posa à la droite de Samski. « Vous allez m'en dire des nouvelles ! »

Il devait répéter cette phrase à chaque fois, regarder l'homme boire, en mâchant son pain dont la mie, mouillée, laissait sur le papier journal une empreinte, de la même forme qu'une empreinte de soulier, comme si quelqu'un avait sauté à cloche-pied sur la table... La bouche pleine, d'infimes morceaux de poisson suspendus aux poils de sa moustache, il demanderait, ses yeux ronds, presque dépourvus de cils, à la fois fiévreux et inquiets : « Hein ? Qu'est-ce vous en dites ? C'est pourtant pas vrai qu'avec cette tête de gamin que vous avez, c'est trente-six années de vie que vous pouvez déjà compter, sans parler du temps qu'on passe dans le ventre de nos mères !... »

Et quand Samski ferait claquer sa langue, déclarant : « C'est chaque fois meilleur... » alors, et alors seulement, assuré du plaisir de son convive, le gardien commencerait à boire avec une expression recueillie.

Chaque fois...

Car Samski revint.

Le lundi suivant, après avoir joué chez les Saint-Maure, le mardi et le mercredi bien que la maison des femmes fût en effervescence pour préparer Noël.

Et ce fut le mercredi qu'à l'arrêt dans la rue Royale, il vit Nine dans le magasin. Il reconnut M. Suzini. Il y avait une grosse femme à la caisse et Nine était debout tout près d'elle. Ils discouraient avec Mme Gault, la bouchère, que tout le monde connaissait dans la ville. Un moment il espéra que Nine fût là en cliente, un moment... Mais ils disparurent tous les quatre par la porte du fond. Alors il se gara et, feignant de chercher quelque vêtement à offrir, il interrogea Mme Faure qui répondit de bonne grâce à toutes ses questions : « Oui, c'est leur fille... Oui, elle est au courant de cette histoire... Non, on ne peut pas savoir, avec elle, si ça lui fait quelque chose... Elle est toujours... je ne sais pas comment vous dire, moi... comme elle est : plate. Pas de poitrine, pas d'humeurs... Peut-être que ça lui passe par-dessus la tête... D'ailleurs c'est complètement faux... A mon avis, si vous voulez mon avis parce que vous m'avez tout l'air d'être un peu journaliste...

— Un peu, répondit Samski, évasivement.

— ... On n'a pas intérêt à faire du bruit autour

de ces bruits qui vont s'en aller d'eux-mêmes. Ça va se dégonfler, quoi, comme un ballon. Moi, je n'ai pas envie de perdre ma place... »

Alors Samski retourna à la loge le vendredi suivant, et le samedi, après avoir travaillé toute la journée à la quincaillerie dont avaient hérité les Saint-Maure. Il voulait finir son travail, tout son travail.

Il revint. Il savait maintenant que l'homme n'avait pas eu conscience, en ouvrant le grand portail, qu'il avait laissé libre cours non chez quelques jeunes filles à leur besoin de liberté — quelle liberté ? — mais à la rumeur elle-même.

Il n'y avait vraisemblablement plus que ce concierge, dans toute la ville et au-delà de la ville, à n'avoir pas entendu parler de cette histoire et à n'avoir contaminé personne. Le vieux gardien avait raison : il y avait un dedans, un imprenable dedans.

C'est pour cette raison que Vincent y retourna : d'abord pour s'en assurer et, quand il en fut certain, quand il ne lui fut plus possible d'en douter, parce qu'il s'en trouva singulièrement apaisé.

Tous les jours il s'assit là, dans la petite pièce à laquelle la lumière crue de la lampe arrachait les couleurs, comme il arrive parfois aux heures les plus chaudes, les plus lumineuses de l'été, quand le ciel s'affaisse sur le fleuve. La tapisserie était composée de morceaux disparates qui jouaient sur les gris : gris un peu jaunes, un peu roses, mais gris. Il y avait un divan sur lequel était jeté un tapis aux teintes ternies, aux dessins à jamais effacés ; un buffet deux corps en sapin clair, noirci sur le flanc gauche par les émanations du poêle à charbon ; la toute petite fenêtre aux vitres presque opaques de buée et de saleté ; le bar, peint en blanc crème — ou ce qui avait dû être un blanc crème ; deux chaises et la table inévitablement recouverte, à cette heure, de son papier journal sur lequel béait la boîte de conserve vide, à côté du couteau, de la miche de pain entamée, de l'ouvre-boîte et de la tartine où étaient alignés les poissons. Tout s'en allait ainsi en gris dégradés depuis le blanc du lavabo rectangulaire en faïence écaillée jusqu'aux taches les plus sombres qui étaient les tranches de section de la tête des sardines. Car même pendant les vacances, le gardien mangeait à cette heure : « Ah ! C'est le réflexe. C'est comme si je les entendais. Alors il faut que je tourne le dos à cette cour et que je mange. C'est plus fort que moi. »

Tout était plus fort que ce petit homme auquel Samski s'était attaché comme on s'attache éperdument au dernier bastion d'innocence en soi ; il regardait fixement les gros doigts qui entouraient et réchauffaient le verre, puis qui se croisaient sur le papier journal. Il l'écoutait expliquer qu'avec ces doigts-là, « monsieur, que vous voyez sous vos yeux d'homme... J'avais peut-être votre âge, enfin, c'est difficile à dire, celui que vous paraissez ou un autre, peu importe... J'étais parti à la campagne.

Ils m'ont dit d'étouffer un canard si j'étais chiche. Puis ça a été un autre canard, et une fois un beau lièvre à la chasse, et encore une poule faisane qui courait, blessée à l'aile. Et je l'ai fait, chaque fois d'une seule étreinte ! Et ça a été moins la force qui m'a impressionné, que le plaisir. J'ai pensé que ça deviendrait une habitude, que la saloperie allait remonter et qu'il valait mieux que je retourne dans ma loge. Alors je suis parti, loin, loin de ma saloperie, et j'ai coupé à travers champs. Il y avait de la neige comme au début des vacances et c'est là, en me retournant, que j'ai regretté. J'ai vu mes pas. J'ai dit : "J'ai sali le champ." Tout ça pour aller plus vite. On ne fait pas assez attention, c'est moi qui vous le dis, et je ne suis qu'un homme... un homme de peine, en somme, comme ils disent, avec ma serpillière... C'est pour ça qu'on est mieux dedans. Tout ça, dehors, c'est de la tentation à la saleté qu'on porte à l'intérieur... ».
Samski lui demanda jour après jour s'il n'avait entendu parler de rien. « Et comment voulez-vous que j'entende parler de quelque chose ? » Puis ils buvaient.

Le vieux gardien s'était habitué à cette sourde inquiétude qui le gagnait dès qu'il entendait le bruit de la canne cogner contre le bois de la porte et que l'homme entrait — ou plutôt qu'avec l'homme, porté par l'homme, le silence pénétrait dans la loge. Il le comblait tant qu'il pouvait, de petits riens, de mille et une tâches minuscules mais qui faisaient du bruit : faire couler de l'eau, verser le vin dans les verres, marmonner, se déplacer dans sa blouse grise en faisant craquer le plancher sous ses lourdes chaussures. Quelquefois il parlait. Il disait : « C'est quand vous rentrez, c'est là, et il montrait sa gorge. — C'est normal », dit Samski de sa voix triste et cassée. Le vieux gardien se mit à rire. Il comprit : « Ah ! oui ! c'est la boîte noire qui suinte...

— Quelque chose comme ça. Ça arrive.

— Ça doit faire pareil pour les rats quand ils mangent les grains de blé empoisonnés. On dit bien qu'ils saignent à l'intérieur.

— Oui, mais c'est beaucoup plus fort et beaucoup plus rapide... »

Ainsi échangeaient-ils quelques mots.

De temps en temps, le gardien oubliait Samski. Son regard tombait sur lui par hasard et il se demandait s'il n'était pas à la fois debout au milieu de la loge et assis au bout de la table, avec un air de calme mélancolie.

Car Samski était calme, en paix avec lui-même. C'était le seul endroit de la ville qui fût resté propre, l'unique sanctuaire. Chaque jour il venait s'y laver de cette rumeur...

« Allez, allez, je vois bien cette tristesse, dit le vieux gardien, buvez encore un peu...

— Non, non ! L'autre jour, déjà, c'était trop. J'avais trop bu. Alors je ne pouvais pas conduire. Je suis rentré à pied. C'était... Quel jour est-on ?

— Samedi. Samedi 27 décembre.

— C'est ça. C'était hier. Hier soir. J'ai failli me faire renverser. La nuit était tombée et les dragues ne travaillaient plus sur le fleuve. On n'avait cessé de jouer ce quintette... Après, j'ai trop bu chez vous... Beaucoup trop... J'ai failli me faire renverser, sur le pont, et j'ai ri. Ça m'a fait rire. J'ai dit : "Tant pis ! Tant pis !" parce que c'était une solution comme une autre, n'est-ce pas ?... Il a fallu que ça tombe sur elle ! Il a fallu que Nine soit la fille de ce Suzini !...

— C'est des petits tracas de rien du tout, rien du tout, dit le vieux gardien sans comprendre. Ne criez pas.

— ... Et cette rumeur rôde dans toutes les maisons, sort de toutes les bouches, tourbillonne sur les places, parcourt les rues et encore les rues, et je l'entends galoper, galoper, comme un bélier fou, comme si ce bélier fou... dément... complètement dément... galopait dans ma tête... Elle s'engouffre sous les arcades, s'y trouve à l'étroit, éclate, déborde, s'engage dans les impasses, se heurte au mur, revient, repart chargée d'autres rumeurs, de plus en plus grosse, de plus en plus monstrueuse, omniprésente, aussi insaisissable que le vent ou l'eau, mais circulant sans cesse, sans cesse, comme rapportée par un de ces souffleurs ahuris et amers, et qui débitent, continuent de débiter bien longtemps après que les acteurs ont quitté la scène et parlant, radotant, bavardant, crachant un texte déformé comme l'égout se vide dans le fleuve, ainsi disent le faux, mais révèlent par le faux, la véritable nature des peurs, des désirs, des pensées les plus secrètes, la véritable nature des êtres, et font émerger ce que jamais, au grand jamais, au plus profond qu'elles iront creuser, les dragues ne feront émerger à la surface de la terre... C'est ça, n'est-ce pas ?

— C'est ça. Mais c'est des petits tracas de rien du tout... Calmez-vous...

— Je suis calme. »

Samski était calme. Restait la mélancolie...

« Allez ! Je vois bien cette tristesse... C'est qu'on vous a fait quelque chose ?

— Mais non, rien. On ne m'a rien fait. »

Rien... Samski était calme.

Restait la mélancolie, quand même, toujours là, et qui ne faisait pas mal, qui voulait passer inaperçue, comme cette jambe. Étrangère et indolore, tel un membre greffé. Non : pas lui d'abord puis la mélancolie, mais initialement la mélancolie et lui, Vincent, qu'on avait dû greffer sur elle. Et la mélancolie dut se demander : « Que vais-je faire de cet enfant ?... de cet homme ?... » et dut faire quelque chose de cet enfant, puis de cet homme, à leur insu...

« Alors c'est vous ? Vous avez fait quelque chose ?

— Non, rien, je n'ai rien fait », répondit Samski et il réussit à sourire. Puis il cria : « C'est ça, je n'ai rien fait, rien fait, rien fait ! »

C'était ça.

« Il a encore fallu que je ne fasse rien, que je ne dise rien... que je laisse Isabelle raconter que cet homme grand, blond, d'une beauté presque effrayante et altière... que cet homme au rire sonore l'avait touchée, et non seulement l'avait touchée mais avait voulu bien davantage... alors que les ombres grises contre le mur de l'écurie racontaient une tout autre histoire : un incident sans poids, sans intérêt, quelque chose d'aussi plat que les ombres elles-mêmes : la vérité... J'avais vu... déjà dans la voiture, elle a commencé à dramatiser tout ça et je me suis tu... Le lendemain matin, je me suis tu. Et je me suis tu les jours suivants, alors que je savais la vérité...

— Bah ! La vérité, la vérité, personne ne s'intéresse à ça. Qui vous aurait écouté ? Ne criez pas.

— ... Et non seulement les jours suivants mais les jours précédents, laissant faire ce qui avait dû se préparer depuis des générations, tirant sur ma pipe en attendant, souriant même, comme si je n'avais fait que cela toute ma vie : entendre sans écouter des histoires et des histoires, comme si j'étais né ainsi, les pieds croisés, comme si je n'étais venu que pour cela : pour assister au désastre, à l'intérieur de la maison... car tout le monde est parti, n'est-ce pas ? D'une manière ou d'une autre... Personne n'a supporté, personne n'a pu rester longtemps... Même ceux qui avaient "ça dans la peau", comme disait la grand-mère — "ça" : le mal — à un moment donné ne pouvaient plus supporter de salir tout ce qu'ils touchaient... et, avant elle, il y a eu le vieux, et ainsi de suite, jusqu'à la nuit des temps... Il a fallu que je le voie dans la maison et que je me taise... Il a fallu que je le voie sortir et que je taise la vérité... Il a fallu que ce soit Nine, en plus, bien sûr, puisque je l'avais touchée, bien sûr... Il aura fallu tout ça avant que je comprenne, tout ça, tout ça... Et me voilà encore plus coupable que les autres parce que je savais... Je savais... et je n'ai rien dit, rien fait... Plus coupable que les coupables... Isabelle n'a fait que s'effrayer d'un désir démesuré pour elle... bien plus coupable... »

Alors Vincent se mit à pleurer.

« Allez ! Allez ! » dit le vieux gardien. Il prit la tête de Samski et la berça dans ses bras — « la la, chantonnait-il. La la... » — comme si elle était détachée du corps.

« Allez ! C'est tout ! C'est des petits tracas de rien du tout », murmurait le vieux gardien. Et il regarda la tête de Samski avec horreur, non seulement comme si c'était la sienne qu'il berçait, mais parce que le visage de l'homme avait pris l'aspect d'un fruit blet, parce que ce regard était semblable à celui des suppliciés qu'on laisse sous le soleil, les paupières maintenues ouvertes par une fine suture.

Alors il lâcha la tête, et la tête de Samski tomba sur la table, les boucles brunes sur le bord du journal, à quelques centimètres de la tranche de pain entamée.

« Maintenant, je ne peux plus revenir, disait Samski.

— Mais pourquoi, pourquoi donc ?...

— Parce que vous savez. Maintenant vous savez et je ne peux plus revenir.

— Mais pourquoi, pourquoi donc ?...

— On ne revient pas en deçà de la lucidité.

— Mais pourquoi, pourquoi donc est-ce que je n'ai plus faim du tout ? » s'étonnait le concierge du collège Saint-Julien en contemplant la tranche de pain entamée.

3

Avant d'ouvrir les yeux, il étendit son bras mais la place, à sa gauche, était vide. Millie s'était levée, et depuis longtemps : le drap avait retrouvé toute sa fraîcheur, une fraîcheur insolente, amnésique. L'oreiller, cependant, témoignait de l'existence de Millie. A son aspect tourmenté, il devina qu'elle l'avait étreint toute la nuit.

Il tendit l'oreille mais seuls lui parvinrent les bruits de la rue. L'appartement était désert. Il roula sur le côté, s'allongea sur l'absence de Millie ; le visage enfoui à la place du sien, les lèvres appliquées contre la taie de tergal rayé, étouffant à demi, il se plaignit : « Oh ! Millie ! Si seulement... »

Mais Millie était définitivement domestiquée.

« Domestiqués... » C'était le mot qu'il avait employé la veille au soir. « ... Il n'y a plus aucun plaisir à attendre... Les chevaux sont tout juste bons pour la balade... monter dessus et non pas :

ne pas savoir où l'on va, mais savoir que l'on ne va nulle part... un détour, une boucle, de l'écurie à l'écurie... Et on me reproche de les harasser ! On veut m'expulser parce que je les tuerais, soi-disant ! Mais ils n'ont qu'à me résister, ces chevaux, et on verra ce qu'ils ont dans le ventre... Au lieu de quoi... c'est comme si on accélérait le moteur d'un manège... Les flancs à moitié en sang, je n'en ai pas rencontré un — je les ai tous essayés — pas un seul qui m'ait opposé la moindre résistance... Et on appelle ça des chevaux... ils n'ont même plus en mémoire la trace de la liberté, de la sauvagerie de quelque ancêtre... Des moutons, oui, des moutons !... Aussi doux que cette bonne Millie, n'est-ce pas, Millie ? »

En entendant le rire des convives, Millie qui, l'instant précédent, se désolait de l'état dans lequel les amis de Jean-Pierre avaient laissé sa salle à manger, se mit à rire à son tour. Puis elle les apaisa : « Moins fort ! moins fort ! Nine dort... Et les voisins !... »

*

Il se réinstalla sur le dos et eut un demi-sourire de mépris : « Je pourrais les torturer un à un... méthodiquement... progressivement... ils se contenteraient de suer et de trembler sur leurs pattes une fois arrivés dans leur box... Des moutons... M'expulser ? Mais qui osera ?... Une montagne... Même une montagne... Même Nine... »

Ses lèvres retombèrent en arc de cercle. Il tiqua et fronça les sourcils. « Elle les aurait abattus un à un calmement, comme une vieille femme déjà revenue de tout, pour éviter que je les crève... Il n'y aurait plus rien eu du tout, plus personne... même pas un mur contre lequel me taper la tête... même pas de terre à creuser pour m'y enterrer vivant... Rien... la vanité... »

Il se leva et releva les stores. Il neigeait toujours. Une lumière timide vint éclairer les dizaines et les dizaines de photos qui recouvraient les murs et le représentaient lui, toujours lui, toujours avec son fils, toujours son fils et lui avec des chevaux. Sept ans d'existence.

Il ouvrit son agenda et raya la veille. Comme ce samedi était bien entamé et qu'il ne se passerait rien, il recouvrit aussi d'un trait noir la date du 20 décembre.

*

Ce fut pourtant ce jour-là, à l'heure précise où Samski retourna au collège Saint-Julien chercher les affaires qu'Isabelle y avait oubliées, que Jean-Pierre Suzini entendit parler de la rumeur pour la première fois.

Un petit homme au visage jaune poussa la porte du magasin. Suzini fit un pas vers lui, les mains toujours derrière le dos. Il lui demanda : « Monsieur, vous désirez ? » en réprimant un sourire car ce client était ridicule. Il l'imaginait déjà hésiter, atermoyer, craindre les foudres de son épouse pour laquelle, probablement, il venait choisir un cadeau.

Après avoir jeté un coup d'œil circulaire sur les rayons — niches de plâtre hexagonales encastrées dans le mur — sur le carrelage clair et le plafond qui lui évoqua l'eau stagnante d'un étang de Sologne, l'homme s'attarda un instant sur la silhouette de Mme Suzini, sur son regard, qui lui renvoya l'image du sien, serein mais fatigué. Il la salua d'un signe de tête plein de déférence puis il indiqua l'entrée de l'escalier d'un mouvement du menton et, levant son visage maigre vers celui de M. Suzini, il demanda d'une voix faible si c'était là la direction du sous-sol. Puis il demanda s'il y avait une vendeuse, si elle était toujours là, s'il avait l'honneur de parler à M. Suzini en personne, s'ils étaient bien M. et Mme Suzini, sur ce même ton ennuyé, en notant que son interlocuteur n'avait ni foulard ni cravate et qu'il gardait sa chemise ouverte alors que lui-même pensait mourir de froid chaque fois qu'il mettait le nez dehors. Jean-Pierre répondit : « oui, oui », cinq fois oui, aux cinq questions qu'il avait enchaînées les unes aux autres, comme il aurait compté les doigts de sa main.

L'homme se présenta : « Inspecteur Delvaux » avec un air de décliner un pseudonyme. Il retira son gant, glissa la main dans sa poche intérieure, sortit une carte, la montra et la carte disparut.

Jean-Pierre Suzini eut le temps de s'étonner

qu'il projetât une ombre. Puis Mme Faure monta, vit Delvaux, s'immobilisa en haut de l'escalier, et lâcha la rampe pour cacher son décolleté de ses deux mains. Derrière elle, deux jeunes femmes se dressèrent sur la pointe des pieds et tournèrent la tête en tous sens, cherchant la cause de cet embouteillage.

Sans qu'un trait de son visage ne bougeât, l'homme fit : « Tt ! tt ! » de sa langue et Sylvia Faure se remit en mouvement. L'inspecteur se gratta l'oreille et prit Suzini par le coude. « Il faut que je vous parle, lui dit-il en soupirant.

— Mais de quoi ? » demanda Jean-Pierre avec un air interloqué.

Millie prit le ticket, les billets, déclencha l'ouverture de la caisse, rendit la monnaie, referma son tiroir et regarda droit devant elle. Elle vit les femmes s'éloigner, puis l'inscription en arc de cercle « Suzini et Fils » se stabilisa devant ses yeux, à l'envers.

Delvaux dit : « Pas ici.

— Voulez-vous monter ? proposa Suzini d'une voix altérée.

— D'abord je voudrais descendre, voir le sous-sol, si vous le permettez, puis nous irons... Avez-vous un endroit... un café préféré où vous vous sentiriez tout à fait à l'aise ? » Et l'homme sourit tout à coup avec une grande douceur.

« Où... où vous voudrez, répondit Jean-Pierre en se serrant les mains derrière le dos. Millie va vous faire visiter le sous-sol... mais toutes les règles de sécurité ont été respectées... Je vais chercher mon manteau. »

Il fit volte-face et disparut par la porte du fond.

Millie commença à se décoller mollement de son tabouret mais Delvaux l'arrêta d'un geste. « Je vous en prie, madame... » Il regarda Sylvia Faure qui se précipita pour le précéder dans l'escalier. Il rentra dans toutes les cabines d'essayage, et se fit ouvrir la porte de la réserve, examina l'intérieur d'un carton : « On vient de les recevoir, dit Mme Faure, empressée. Dernier modèle ! » Il sortit un corsage noir, satiné, le tint par les épaules comme s'il allait l'étendre sur une corde à linge, puis l'appliqua contre lui, se considéra dans la glace et sans sourire, il dit avec un air sinistre : « J'ai peur que ça ne m'aille pas, voyez-vous... » Sylvia Faure éclata d'un rire nerveux qui remonta l'escalier en colimaçon, parvint aux oreilles de Millie et la fit sursauter.

Soudain l'homme plissa les yeux et s'approcha d'une lucarne minuscule, grillagée, qui donnait sur la rue. Il monta sur le marchepied et regarda dehors. Il vit des chaussures, des chaussures, la naissance de quelques chevilles, des roues de voitures, le reflet de la vitrine qui léchait le bas des arcades. Un enfant s'accroupit pour attacher ses patins à roulettes et aperçut deux yeux mobiles sous le pied d'un mannequin à demi dévêtu. Puis les yeux disparurent.

*

Delvaux cassa net le rire de Suzini : « Je suis absolument persuadé que vous êtes incapable de tout ça. D'autant qu'on ne m'a signalé aucune disparition, qu'aucune plainte n'a été déposée pour viol, que la filière de la drogue passe ici par de tout autres personnages... encore que nul ne soit au-dessus de tout soupçon... J'aurais quant à moi, par exemple, idée de vous soupçonner de tout à fait autre chose... » Il s'appuya sur ses mains et avança ses épaules au-dessus de la table rouge, veinée de blanc, en plissant ses petits yeux noirs toujours en mouvement. Puis il se réadossa à la banquette et ajouta, le regard posé sur un groupe de jeunes gens : « ... Mais qui ne soit passible d'aucune peine... je veux dire... Ah ! la loi... Mais qu'est-ce que la loi ?... » Il trempa ses lèvres dans son whisky, considéra Suzini à travers la paroi teintée de son verre, au-dessus du glaçon. Le timbre de sa voix amplifié, déformé par cette caisse de résonance, il demanda soudain : « Hein ? Qu'est-ce qu'un salaud, hein ? Problème... quand il ne l'est pas en regard de la loi... Quelqu'un qui ne serait pas régi par une loi intérieure ?... Allez savoir...

— Je suis tout à fait capable, en quatre mois, de m'être fait des ennemis personnels ! personnels, monsieur, absolument ! dit Suzini, piqué au vif par ce terme “incapable” qu'avait employé Delvaux.

— Qui ? Pourquoi ? » demanda celui-ci en reposant doucement son verre. Il s'accouda sur la table. Il surveillait les allées et venues des clients de La Rotonde. Il avait la statue équestre en face de lui. Le pont se dessinait, en contrebas, entre les jambes du cheval. Il posa son menton sur ses mains jointes. Se servant de ses doigts comme d'un trampoline, il laissait rebondir sa tête qui avait un mouvement saccadé, inlassable, d'acquiescement.

« Des commerçants concurrents », suggéra Jean-Pierre.

Delvaux haussa les yeux au ciel puis il s'immobilisa.

« Samedi dernier, je vous ai dit : Portez plainte contre X, en diffamation...

— X ? Jamais ! Jamais ! X... Mais c'est du vent... Du vent, jamais ! Pas moi...

— ... Et vous me dites : “X jamais”, poursuivit Delvaux, imperturbable. Je vous comprends, je vous comprends. Don Quichotte, lui, avait au moins les moulins... Mais ça se serait arrêté là ! On est mercredi, monsieur Suzini, aujourd'hui la rumeur est tapie sous les sapins, mais qu'en sera-t-il vendredi, et toute la semaine suivante ?... Une plainte contre X, un article dans la presse, et le tour est joué... La dernière fois, tout le monde s'en est emparé...

— C'est MON histoire, trouvez-moi un coupable.

— La dernière fois, tout le monde s'en est emparé : partis politiques, ligues contre le racisme...

— C'étaient des juifs. Je ne le suis pas assez... Ils me la laisseront...

— Votre femme est métissée...

— Oh ! Oh ! Vous parlez, un quart vietnamien... Et puis c'est elle, ça n'est pas moi... Je ne suis d'aucun parti, d'aucune religion, je n'ai jamais...

— On tourne en rond. Si vous n'avez jamais... vous n'avez pas d'ennemis personnels...

— Un coupable ! Trouvez-moi un coupable et je porterai plainte en diffamation, mais contre quelqu'un... que ça ait un visage, une consistance, un passé, des circonstances atténuantes ! mais X, non ! »

L'inspecteur se frotta le menton puis il demanda : « Vous n'avez pas froid, comme ça ? avec une expression un peu envieuse.

— Non, non, absolument pas, répondit Suzini que les digressions de son interlocuteur, ses instants de distraction et ses sourires subits désorientaient.

— Moi, c'est mon problème : j'ai froid. Toujours froid... »

Il se tut, rêveur, et détourna son regard d'une tristesse infinie des yeux clairs, minéraux de Suzini. « Vous voyez ce jeune homme ? enchaîna-t-il sans transition, en désignant d'un geste du pouce un garçon d'une vingtaine d'années, derrière lui, dont il surveillait le reflet dans une glace. Il en parle... Il parle de vous... Je peux l'arrêter sur le champ. X..., murmura-t-il avec ironie. Un gringalet... »

Il attrapa le ticket de caisse et Suzini protesta

vivement. « Non, non, c'est moi... On verra la prochaine fois. »

Le petit visage de Delvaux devint glacial et ce fut d'une voix glaciale qu'il dit, en se levant : « Il n'y aura pas de prochaine fois. Je ne vous donne pas une semaine avant que vous ne soyez obligé de vous présenter au commissariat pour déposer une plainte contre X. Vous aurez attendu, attendu... Il n'y a pas de coupable... Simplement, en chacun de nous, la bête n'est pas morte... X... Inconnu... L'inconnu, en chacun de nous... et vous parlez autant contre vous-même... Pas de coupable, pas d'innocent... » Il posa ses mains à plat l'une à côté de l'autre, sous le nez de Jean-Pierre Suzini et les remua, dessinant les plateaux d'une balance. Il les mit dans ses poches : « Pas de balance, non plus... Terrible, hein ? »

Il régla la note et regarda dehors. « Il ne neige plus qu'au sud de la ville, au-delà du pont... Maintenant, c'est ce froid... Terrible, hein ? d'être toujours gelé... »

Il s'inclina, sourit doucement : « A bientôt », dit-il.

Suzini ne put articuler un mot et ne réussit pas davantage à réprimer le tremblement de son menton. Il regarda Delvaux s'éloigner, remonter le col de son pardessus et s'enrouler frileusement dans son écharpe avant de poser la main sur la poignée de la porte. Puis il fit tourner le verre vide de l'inspecteur entre ses doigts. « ... Whisky ! A dix heures et demie du matin !... » pensa-t-il avec une désapprobation laborieuse. Il releva la tête et considéra le jeune homme mince que Delvaux lui avait proposé comme coupable. Il ricana : « ... Aucune envergure... »

Ludovic Saint-Maure sentait bien peser sur lui le regard de Suzini mais il s'intéressait davantage à ce que lui renvoyait de Delvaux le jeu complexe des miroirs de La Rotonde. L'homme ne se décidait pas à ouvrir la porte comme si dehors, en la personne du gel, s'était glissée celle d'un tueur, comme s'il voyait ce tueur et découvrait qu'il avait son propre visage, fébrile, son teint de papier mâché, son autorité silencieuse, inébranlable, et ces yeux fureteurs, toujours en activité que gardent les guetteurs longtemps après avoir fini de guetter — par habitude, bien qu'ils sachent tout désormais de la duplicité de leurs interlocuteurs, et tout de leur propre impuissance à les condamner ou à les innocenter ; par habitude, ou parce qu'il leur reste encore à savoir, ne serait-ce qu'une seconde à l'avance, sous quel aspect se présentera la mort, à quel chevet elle viendra s'agenouiller, quand, quel jour ?...

*

« ... Tu vois ce que je veux dire ? demanda Ludovic. Un visage désabusé, finalement assez serein, à force d'être sans illusions, qui porte quand même la trace des tourments par lesquels il a dû passer pour en arriver là... mais sur lequel se pose une seule et unique question, toujours, sans relâche... Tout jaune... ou alors une peur... La tête de ce Samski dont je t'ai parlé, en plus âgé, plus atteint, mais, au lieu de cette espèce de lueur qui traîne dans les yeux de Vincent, plutôt le contraire...

— D'accord, mais c'est la dernière... Pourquoi arrives-tu si tard ?

— Henri et sa femme sont là toutes les vacances, avec leur gosse. Après on a joué, jusqu'à maintenant... le temps que je prenne la voiture... J'en ai un peu assez. Ils jouent toujours la même chose. Je jazzerais bien un peu... », ajouta-t-il en esquissant quelques pas de danse.

Il souleva un nuage de poussière blonde. Nine se frotta les yeux. « Arrête ! Cette poussière... Je n'y vois plus rien... Déjà que cette pièce est mal éclairée... »

C'était un ancien hangar que le lycée avait mis à disposition des élèves et dans lequel ceux-ci se livraient à diverses activités : théâtre, peinture, musique... Ludovic Saint-Maure, Nine Suzini et quelques-uns de leurs camarades fabriquaient des marionnettes pour le spectacle de fin d'année. Nine faisait les maquettes. On accédait à cette pièce-ci par un couloir dont le plafond était dans un état de délabrement inquiétant et que Ludovic traversait toujours en courant à toutes jambes, les mains sur la tête. Il s'immobilisait dans la salle aux marionnettes et jetait un coup d'œil circulaire sur les poutres grisâtres, le plâtre qui s'écaillait au-dessus d'eux, les ampoules qui pendaient, sans abat-jour, et les petits vasistas qui, ouvrant sur une pièce mitoyenne, ne distribuaient qu'une lumière très pâle, même en plein jour. A côté, quelqu'un jouait de la trompette. Les murs étaient recouverts d'affiches de cinéma, entre lesquelles apparaissaient les pierres des cloisons qui avaient dû être montées à la hâte, en des temps fort lointains. Accrochées à des rampes, des marionnettes inachevées pour la plupart, certaines, l'ossature à nu, semblaient dormir dans une atmosphère d'apesanteur. Elles étaient de la taille d'un enfant de sept ans. Leur tête était inclinée, le menton contre leur poitrine de bois, dans la posture d'un voyageur que le bruit régulier des roues du train plonge peu à peu dans un profond sommeil. Le sol était en terre battue, recouverte d'un sable très fin, doré, comme de la sciure. Nine travaillait sur une grande planche montée sur tréteaux. Elle avait les mains pleines d'une terre rouge dans laquelle elle façonnait des figurines, d'une vingtaine de centimètres de hauteur, au visage détaillé, et qu'elle habillait de chutes de tissu multicolores qui jonchaient la table.

« C'est la dernière, répéta-t-elle puis elle demanda sur un ton faussement dégagé : Il était là ?

— Qui ? Malthusse ?... Il doit être bon prof, enchaîna Ludovic avec une moue admirative. Il parle de la musique, comme ça, de loin, avec cette espèce de discrétion qu'ont seuls les gens qui savent énormément de choses... Et toujours de bonne humeur... d'une patience !... Mais c'est peut-être parce qu'il est distrait, ajouta-t-il en riant. Quand on lui parle, on a l'impression qu'il ne s'intéresse vraiment qu'aux modulations de la voix... C'est pour ça qu'il adore Mame qui ne cesse de commenter les commentaires, de bavarder sur les bavardages, en nous accusant d'être d'infatigables causeurs... Mais Mame, quand elle ne perd pas la tête, est amoureuse de Vincent Samski... Il faut être cinglé comme elle pour être amoureuse d'un type pareil ! »

Nine rougit et demanda de nouveau de sa voix calme, en plissant les yeux sur le visage d'un personnage de terre qui ressemblait vaguement à Millie, mais sans réussir à s'intéresser à ce qu'elle était en train de faire : « Il était là, lui ? Je veux dire : ce Samski ?

— Oui, oui. Aujourd'hui, il est même resté déjeuner, avec sa sœur, à qui je fais de l'œil sans conviction, comme je t'en ferais sans espoir... Il est bizarre... Henri l'a vu donner à manger aux pigeons... Tu verrais comme il joue !... Même pas entendre : voir !... Derrière lui, on a l'air de faire du bruit avec nos instruments, et même de le gêner... Un original, quoi. Il faut voir chez lui : Cinq femmes. Toutes de la même couleur : beiges à crever... Peut-être que je m'habitue à lui... Mon père l'aime bien. Il fait tout ce qu'un Saint-Maure n'est pas foutu de faire : s'occuper de l'argent... Il a l'air d'aller mieux qu'avant...

— Il a été malade ?

— Non. Il est un peu sinistre quand même... Bon ! Mais il y a de quoi. La grand-mère, elle arpentait les pièces en prophétisant les pires malheurs et son père était pareil, et maintenant, la troisième et la quatrième génération font la même chose. Ce sont des gens qui n'ont jamais vécu, jamais pris ça à pleines brassées et qui, tout d'un coup, se regardent et se disent : "Merde ! J'étais mort !" et qui se donnent la mort, du coup, parce que ça n'était pas parfait de ce côté-là... Ça me fait penser que je déménage Samski lundi. Donc je n'emmènerai les marionnettes que mardi. Geneviève coudra quelques costumes... C'est ma belle-sœur... Comme elle met les épingles dans sa bouche, ça lui occupera la bouche aussi. Pendant ce temps-là, elle ne racontera pas n'importe quoi. »

Nine était toujours penchée sur sa figurine et n'avait pas avancé dans le modelage des pommettes qu'elle trouvait trop peu écartées. Elle demanda si Samski quittait la ville.

« Avec la clientèle qu'il a maintenant, ce serait de la folie. Non, il s'est enfin décidé à quitter l'ancienne boîte à charbon. Il aurait mieux fait de partir plus tôt... Il avait une femme qui s'est...

— Oui, je sais, dit Nine. Tu m'as déjà raconté... » Puis elle se troubla.

« Moi ? Je n'ai le moindre souvenir de...

— Et la rumeur ? enchaîna précipitamment la petite Suzini. Moi, je n'ose plus adresser la parole à personne.

— Ça enfle, ça enfle. Ça me dégoûte. On essaye de remuer le monde dans l'autre sens... Et chez toi ?

— Ça y est. Lui le savait déjà, j'en suis sûre. Mais Millie ne le sait que depuis ce matin. Il n'y avait vraiment qu'elle pour ne pas remarquer que les clientes venaient toujours accompagnées, depuis trois ou quatre jours... et que les locataires de l'immeuble lui faisaient la tête... »

Elle eut un petit rire, un peu nerveux. « C'est vraiment une gosse », dit-elle comme pour elle-même. Puis elle ajouta, en se retournant sur Ludovic : « C'est la bouchère qui les a prévenus... »

Elle s'immobilisa ainsi, sa main gauche près d'une vitrine miniature qui reproduisait exactement la devanture du magasin de son père, l'autre main sur sa hanche, les cheveux épars, aux boucles denses, un peu rousses, le visage très pâle et les traits tirés. « Tu as l'air épuisée », dit Ludovic doucement et il fronça les sourcils avec inquiétude. Nine protesta mollement puis elle eut un pauvre sourire. Le jeune homme détourna son regard : « Si j'insistais un peu, tu te mettrais à pleurer, mais tu détesterais le faire alors je n'insiste pas... Qu'est-ce qu'il nous emmerde avec sa trompette, celui-là, ajouta-t-il pour détourner la conversation.

« La bouchère, c'est la grosse Mme Gault ? Enfin... avant, elle était grosse... On raconte qu'elle s'est fait maigrir pour séduire le père de Malthusse qui était toujours fourré à la maison...

— On raconte tellement n'importe quoi », coupa Nine.

Ludovic se reprit. Il s'inclina devant la petite Suzini et lui dit : « Nine, je vais te faire une déclaration : tu es mon meilleur copain. Mais je ne comprends absolument rien à toi... »

Il la prit dans ses bras et ils se mirent à danser au son de la trompette, Nine les yeux fermés à cause de la poussière. Ils riaient aux éclats.

Puis Ludovic se mit à compter les pas : « Un deux trois, Un deux trois », murmurait-il. Alors Nine le repoussa. « C'est l'heure, dit-elle. Il faut que j'y aille. »

Elle éteignit la lampe du fond, plongeant ainsi toute la partie gauche de la pièce dans l'obscurité. Seule restait éclairée sur la table la maquette de la vitrine qui avait les proportions d'une boîte à chaussures. Elle s'attarda à contempler les mannequins articulés dont elle changeait la posture de temps à autre, à l'aide d'une pince à disséquer. Elle était debout, appuyée des deux mains à la planche de bois blond, le dos voûté, la tête inclinée, ses cheveux dessinant un ovale cuivré au-dessus et au-dessous de la ligne tombante de ses épaules. Elle était vêtue d'un justaucorps rose foncé et d'une jupe large, multicolore, qui s'arrêtait à mi-mollets, ondulant contre le cuir de ses bottines lie-de-vin. Ludovic, en plissant les yeux derrière elle, avait l'impression de voir une carafe peinte, au goulot allongé, qui allait en s'amincissant progressivement.

Embarrassé par le silence subit de son amie, Ludovic effleura les marionnettes en les regardant l'une après l'autre, comme s'il les passait en revue. Elles se balancèrent à quelques centimètres au-dessus du sol, dans un cliquetis mat de percussions africaines. Le joueur de trompette insista longtemps sur une note, la dernière, qui trembla avant de s'éteindre. Puis ce fut le silence.

Le fils Saint-Maure dit à Nine, d'une voix douce, amicale : « Tu es bien comme ça, avec tes cheveux libres... Ça te change un peu mais je t'aime bien... » Elle le remercia d'un sourire.

Il se dissimula brusquement derrière un pantin aux cheveux noirs et bouclés, au regard très clair, comme halluciné, aux traits marqués, et habillé d'un imperméable beige grossièrement épinglé. Il mit la main sur le cœur de la marionnette ; la soulevant d'un coup sec par le col, il lui fit exécuter une révérence grotesque et dit, avec un timbre éraillé : « Mademoiselle, je vous... Je n'ose... Je vous... Vous allez me trouver ridicule... Non, non, je ne peux pas... Je me dérobe », et il arracha ainsi un petit rire à Nine Suzini.

Il lâcha le pantin qui ne retrouva sa totale immobilité qu'après une série de brefs tressaillements d'agonisant. De nouveau sérieux, il dit : « Il faudra leur trouver des noms... Celle-ci, c'est ma préférée. C'est moi qui la manipulerai, ajouta-t-il en serrant contre lui une petite figurine au visage lisse. D'ailleurs, c'est la plus légère, ce sera moins fatigant pour moi qui émerge à peine d'une longue et douloureuse puberté. » Il réprima son rire et sembla réfléchir profondément. « Je l'appellerai... Nine !

— Non, non, pas ça.

— Non, je t'appelais, toi. Je pensais à autre chose. Je criais : Nine ! pour attirer ton attention sur tout à fait autre chose...

— Déjà ?

— Oui, oui, les idées fusent. Ça m'épuise, d'ailleurs » et il se laissa tomber sur le sol en poussant un gémissement aigu. Allongé dans la poussière comme sur une plage, les mains derrière la tête, il lui demanda en regardant les poutres du plafond : « Tu n'as fait que ça, ces jours-ci ?

— Oui. Ça et lire.

— Tu ne vas faire que ça pendant toutes les vacances ?

— Oui. Sauf si Millie a besoin de moi. Avec cette histoire sur le dos... Elle ne bouge pas du tout... »

Puis elle eut un geste agacé de la main.

« Maths Sup, poursuivait Ludovic, le plus naturellement du monde, ça ne t'excite pas plus que ça, hein ?

— Je pense que je vais arrêter, dit Nine paisiblement.

— C'est de la folie, commenta Ludovic sur le même ton.

— J'en conviens, mon cher », répondit la jeune fille avec un air pincé. Puis elle rit et rassura Ludovic : « Mais je vais faire ça en douceur, progressivement. J'ai le temps... J'ai le temps pour arrêter aussi... D'abord sécher quelques cours, redoubler... "Elle est si jeune ! Elle manque de maturité, voyons, c'est évident !"... rater encore et hop !

— Ah ! Ça y est ! » s'écria Ludovic qui n'écoutait plus. Il désigna la petite marionnette derrière lui et annonça : « Lou ! Ça te paraît comment ?

— Ça me laisse complètement indifférente.

— Alors c'est bon...

— Et la marionnette à la tête jaune, tu vas en faire quoi ? »

Ludovic se releva et répondit en s'époussetant, sur un ton léger : « La mort. » La poussière fit éternuer Nine qui n'entendit rien et posa une deuxième fois sa question, les yeux rouges. « La mort, te dis-je, répéta-t-il en bâillant. — Oui, c'est inévitable, dit Nine de sa voix neutre puis elle soupira : La perspective des fêtes de Noël ne me met pas dans un fol état d'allégresse, étant donné la conjoncture... » Elle fit tournoyer sa cape et la posa sur ses épaules. « C'est l'heure. Il faut que j'y aille. » Et son visage se rembrunit.

Ludovic l'embrassa et la regarda longuement : « Ça ne doit pas être gai, chez toi, en ce moment... Moi qui suis si doué pour la joie, déclama-t-il avec un air sinistre. Moi qui aime tant vivre, et vivre, toujours vivre... », dit-il en soupirant, en mimant l'épuisement, son corps efflanqué appuyé aux épaules de Nine qui salua les efforts qu'il faisait pour l'amuser d'un rire un peu forcé.

Il la poussa hors de la pièce en criant que tout cela était la faute de la bouchère.

Quand Nine disparut, il resta encore debout, à regarder la porte refermée d'un air soucieux, une grimace aux lèvres, résidu du sourire qu'il lui avait adressé. Il hocha la tête et s'installa à la table sur tréteaux. Il repoussa les marionnettes miniatures et ouvrit un carnet, dans la lueur de la petite vitrine. Il nota : « N° 4 dans l'ordre d'entrée en scène. Lou. Rôle muet. » Puis il raya « muet » et écrivit à la place : « mutique (à toute question posée, répond par son nom : Lou) ».

*

A quatre reprises déjà, cette veille de Noël, des clients s'étaient penchés au-dessus du comptoir, avaient approché leur visage de celui de Mme Gault, de peur sans doute qu'elle ne saisît pas tout de leurs commérages, et lui avaient parlé de M. Suzini, de ses « façons un peu spéciales, de ses airs de drogué » et de Mme Suzini qui était métisse, en jetant des coups d'œil désapprobateurs sur la vitrine de leur magasin. Quatre rapporteurs, quatre versions différentes. Invariablement, la bouchère avait haussé les épaules et dit : « C'est impossible. »

C'était impossible : chaque fois qu'on lui avait raconté une anecdote sur quelque famille de son environnement géographique immédiat, Mme Gault avait pu annoncer, en toute honnêteté : « Je le savais. » Depuis trente ans, elle n'avait été surprise qu'une fois : par le récit de l'accident d'avion des Malthusse — mais elle était doublement excusable : d'une part ça s'était passé loin de la boucherie, au-dessus de la propriété des Saint-Maure que le docteur s'était amusé à survoler en rase-mottes ; d'autre part, le docteur Malthusse n'avait pas d'horaires et pas d'habitude — mis à part celle d'aller prendre chaque jour son petit déjeuner à La Rotonde, en compagnie de son fils. Mais aucune autre personne, connue ou aperçue d'elle, n'avait pu varier dans ses manies, se livrer à quelque activité clandestine, éprouver la plus petite inquiétude ou tomber amoureuse sans qu'elle s'en aperçût. « Quelquefois même, se disait-elle non sans ressentir une légitime fierté, avant que la personne concernée en ait pris conscience. »

Elle connaissait l'heure des réunions du club équestre dont M. Suzini était membre et s'était aperçue qu'il allait de plus en plus souvent monter à cheval. Elle avait identifié tous les amis qu'il ramenait chez lui habituellement le vendredi soir. Toutes les clientes qui étaient entrées dans le magasin en étaient ressorties. C'était impossible. En outre c'était insultant pour elle... Et sous votre nez ! semblaient-ils dire, leur sac de victuailles à la main, parmi les odeurs de rillettes d'oie, de boudin blanc truffé et de ballottine de foie auxquelles elle n'avait jamais pu se faire.

La cinquième fois, elle ne put se contenir, car

deux clientes discouraient de l'affaire entre elles, sans la mêler à la conversation : elle alluma une cigarette sous l'œil ahuri du commis, se leva et gagna l'arrière-boutique dans laquelle officiait M. Gault au son de la radio. Il découpait de grands quartiers de viande avec une dextérité fascinante. Il sifflotait et dansait d'un pied sur l'autre, ses mains opérant de leur côté, comme si quelque invisible frontière les séparait du reste du corps. Il obéissait à un rythme intérieur, très lent, qui ne correspondait que rarement avec celui de l'accompagnement musical et lui donnait l'allure d'un de ces automates placés dans les vitrines pour attirer le regard des enfants et dont le mécanisme est à bout de souffle.

Il ne releva pas les yeux du quart de cochon qu'il était en train de débiter. Sentant l'odeur du tabac auquel Mme Gault n'avait recours que dans les grandes occasions de grande, grande colère, il prêta une attention encore plus soutenue au découpage des côtes, posant son couteau, brandissant sa hachette et la laissant retomber à l'endroit précis où elle devait retomber, reprenant son couteau, sans pour autant faire cesser le mouvement lourd, ralenti, obstiné, de son corps moulé dans un costume de coton à tout petits carreaux bleus et blancs, recouvert d'un tablier constellé de taches de sang et attaché, dans son dos, par un de ces nœuds aux boucles larges et nettes qu'on réserve d'ordinaire aux soubrettes de comédie.

Quand il en eut fini avec son quart de cochon,

Mme Gault n'avait pas achevé le récit des récits. Il marqua un temps d'hésitation, prit un air absorbé puis son visage carré, rubicond, s'éclaira. Il repoussa sa femme avec beaucoup de délicatesse, ouvrit la porte de la chambre froide et commença d'évoluer parmi les demi-bêtes pendues aux esses métalliques. Il les palpait, connaisseur, et elles se balançaient après son passage, comme délivrées de leur poids, dans une confusion de rouges, de roses et de blancs. M. Gault réapparut, un quartier de bœuf dans les bras ; il s'apprêta de nouveau à repousser la bouchère qui s'était encadrée dans l'embrasure de la porte, en se serrant frileusement dans son châle bleu pétrole, et qui parlait, parlait. Mais elle s'interrompit et poussa un cri : « Ah ! Ne me touche pas avec tes mains pleines de bidoche ! » Elle resta immobile, les yeux fixés sur la viande, les bras repliés et les doigts crispés, dressée sur la pointe des pieds, tétanisée, muette de dégoût. Enfin elle se détendit et s'étonna, la voix calme : « C'est bizarre... Je ne peux pas m'y habituer... C'est parce que ça nous ressemble... » Elle ajouta : « Et puis toute cette histoire m'a mise hors de moi. » Elle alluma une deuxième cigarette et tira dessus par à-coups, en avalant ses joues.

La viande tomba sur la table de travail. Le boucher aiguisa ses couteaux et dit, sur ce fond sonore de passe d'armes : « Rien de tout cela ne te regarde...

— Tout ce que je regarde me regarde, rétorqua la bouchère. C'est toute la profession qui est visée...

— Je ne suis pas marchand de vêtements.

— Dommage, dommage... J'aurais tellement aimé, murmura Mme Gault, rêveuse.

— ... En plus, ça fait trente ans que je travaille ici et mon père, avant moi... On n'est pas des étrangers...

— Ça ne vous a pas empêché de faire du marché noir pendant la guerre... Au contraire même. Au contraire ! cria la bouchère en levant un index accusateur. Moi, moi... Ça me regarde ! Je vais de ce pas... Je vais...

— Faire quoi ? »

Mme Gault eut un air malheureux et marmonna : « C'est ce que je venais te demander, justement... Je pensais : lui va savoir... Je pensais que tu allais me dire : il faut faire ci, faire ça... Mais c'est toujours comme ça : un qui a la colère et qui ne peut rien faire ; l'autre qui aurait les idées mais qui n'a pas la colère au ventre... »

Le boucher sourit doucement. « Bon ! Enlève ta blouse. Donne-toi un coup de peigne. Arrange-toi un peu et traverse la rue... Après tout, je n'aime pas qu'on déblatère derrière le dos des gens... Tu leur dis : voilà ce qu'on raconte sur vous. Sans exagérer à ton tour, hein ? Promis ? Sinon, on n'en sort pas... »

Mme Gault lui adressa un sourire satisfait et quitta l'arrière-boutique.

« Ah ! la la ! murmura son mari avant de se remettre à siffloter et à danser d'un pied sur l'autre. Ces gens qui épousent des Jaunes... »

*

Quand Nine vit arriver la bouchère qui avait passé une veste de fourrure, elle était prête à partir lire dans le hangar, ou avancer dans la fabrication des marionnettes. Mais elle pensa : « Voilà, c'est pour cette histoire, ça commence... »

Millie tourna la tête, vit sa fille, lui sourit et dit : « Tu t'en vas encore. » Puis elle ajouta : « Il a cessé de neiger. Il gèle. Couvre-toi bien », sur le même ton un peu plaintif.

Mme Gault était au milieu de la rue Royale. Les voitures passaient devant et derrière elle. Elle semblait affolée comme si elle n'avait pas traversé la rue depuis trente ans et découvrait l'importance du trafic, l'existence des feux tricolores, la disparition des pavés. Elle soupira : « Quelle époque ! »

« Non, je reste », dit Nine pleine d'appréhension. Elle releva la manche de sa mère et consulta sa montre : « Onze heures moins le quart... Finalement ça ne vaut pas le coup... Je me suis réveillée tard ce matin. Je ne vous ai même pas entendus. Où est-il ?

— Je ne sais pas. Il fait bien des mystères... Tu es fatiguée, Nine. Tu devrais te lever tard tous les matins, ça te ferait du bien, et rester là, au lieu de courir je ne sais où. »

Nine hochait la tête, distraite.

Mme Gault s'encadra entre deux arcades, essuya son bas, lissa les deux pans de sa veste et se dirigea vers le magasin. Soudain elle sursauta, s'immobilisa puis fit un pas en arrière.

« Je vous en prie, dit alors Jean-Pierre Suzini de sa voix sonore. Vous alliez entrer ? Après vous... » Il la prit par le coude et la poussa doucement vers le seuil. Il revenait de La Rotonde et s'efforçait de prendre un ton naturel : « Faites attention à la marche, ce n'est pas le moment de vous casser une jambe. » Il regarda le trottoir avec une moue dégoûtée : « Toute cette boue ! Vivement les beaux jours », murmura-t-il. La porte joua ses quatre notes et son regard se radoucit. « Vivement les beaux jours », répéta-t-il avec étonnement, comme s'il cherchait la signification de ces mots.

Nine poussa Millie du coude et Millie sourit difficilement. La bouchère salua Mme Suzini, sa fille, Mme Faure qui remontait à l'instant du sous-sol ; dans son émoi, elle serra la main de Jean-Pierre, sourit, regarda à nouveau tout le monde et ce fut enfin à Nine seule qu'elle sembla s'adresser lorsqu'elle dit : « Il faut que je vous parle de... de quelque chose qu'on dit... de plusieurs choses même... »

Nine fit un imperceptible signe de tête à Sylvia Faure qui lui répondit d'un clin d'œil complice avant de redescendre. Le visage de Suzini se transforma brusquement : « Il sait, se dit sa fille, mais moi aussi. » Un sourire de délectation projeta le coin de ses lèvres épaisses sur le côté mais ça ne dura qu'un court instant. Il ouvrit son grand manteau gris anthracite et le garda sur lui. Il mit les mains dans les poches de son pantalon, s'adossa aux rayonnages, la tête légèrement renversée en arrière, les pieds croisés, sa bouche entrouverte, affectant un détachement insolent. Il regardait Mme Gault s'agiter, à l'envers, dans le plafond. Son visage était parfaitement calme, empreint de ce calme souverain de qui considère son interlocuteur comme un dément et attend, plein de patience, la fin nécessaire de son délire. La bouchère gardait ses yeux rivés sur la figure lisse, pâle mais attentive de Nine.

Soudain celle-ci l'interrompit : « Nous serions mieux en haut. Vous pourrez vous asseoir, madame. » Elle lui sourit en réprimant le tremblement de ses lèvres. Elle posa sa main sur l'épaule de sa mère : « Millie ! Millie, je t'en prie », lui murmura-t-elle d'une voix suppliante, un peu agacée. Millie sursauta, cria : « Jean-Pierre ? » en battant des cils, comme si elle émergeait d'un profond sommeil, se retrouvait seule dans son lit et n'osait encore se dire : « Il n'est pas rentré cette nuit. Il ne reviendra plus. »

Jean-Pierre Suzini la regarda avec son air étonné habituel puis il s'inclina devant Mme Gault qui se retourna sur la boucherie, hésitante, avant de protester : « Non, non... Je ne voudrais pas vous déranger... »

Suzini ordonna, en direction de l'escalier : « Sylvia ! Vous vous occuperez du magasin ! » puis il entraîna la bouchère vers la porte du fond. Arrivé au niveau de Nine, il baissa les yeux et l'invita ainsi à disparaître : « Tu sortais ? Tu PEUX sortir. » Feignant de ne pas comprendre, Nine répondit : « Non » et lui opposa son visage paisible. Elle monta avec eux, soutenant Millie.

Jean-Pierre aida Mme Gault à se débarrasser de sa veste. Il regarda même l'étiquette et eut une moue d'amateur distingué. Flatteur, sur un ton léger, il lui dit : « On voit que vous savez vous habiller. » Puis il ajouta, simulant la confusion : « Oh ! Vous voudrez bien excuser mes audaces... c'est une déformation professionnelle. — Oui, oui, je comprends, vous êtes tout excusé. » Et Mme Gault rougissait, ravie, souriait à Nine, à la petite Mme Suzini, à son mari, regardait partout, s'extasiait : « C'est beau chez vous... Si c'est pas malheureux... Si ça se trouve, c'est de la jalousie... »

Il garda le même calme hautain pendant tout le récit enflammé de la bouchère. Il joua l'étonnement : « Vraiment ? » puis il commença à l'interroger, en douceur, tout en lui proposant à boire, tout en la servant : « Qui ?... Vous préférez du porto ?... De qui tenait-elle ce renseignement ?... Ce martini est exquis, lui aussi... toujours ce problème : l'embarras du choix... Qui ?... Profession ?... Ah ! oui ! tant qu'on a l'embarras du choix, c'est vrai, c'est que la pénurie se tient loin du foyer... Mais qui les manipule, à votre avis ?... Une larme, je vous en ai mis une larme... Allons ! Vous n'allez pas faire des manières pour une larme... Je suis bien capable, en quatre mois, de m'être fait des ennemis personnels... »

Et Mme Gault perdait la mémoire. Elle ne savait plus si c'était la préparatrice en pharmacie qui en avait parlé la première en prétendant que c'était surtout une affaire de drogue, ou si c'était le frère du boulanger, en haut de la rue Royale, juste avant de tourner à droite pour aller à la cathédrale, qui tenait ça, « soi-disant, soi-disant » de sa fiancée qui, elle-même, travaillait à l'hôpital et avait soigné des femmes trouvées endormies par ses soins, dans le sous-sol avant d'être emmenées...

« A Tanger, sûrement, poursuivait M. Suzini en souriant.

— C'est ça, pour les Arabes.

— Comme ça, tout le monde y passe », murmura Nine.

Mme Gault mélangeait tout. Elle étreignait ses mains, défaisait le bel arrangement de sa coiffure, désignait de son bras la direction de la cathédrale — Nine avait alors un sourire inquiet, puis elle soupirait — et la direction du sous-sol, dans lequel Mme Faure servait les clientes, se disant, pleine de rage : « Mais oui... Elles sont toujours accompagnées maintenant... Nine avait raison... Comme si j'étais capable d'être complice de ça ! »

Il gardait son calme, s'approchait de la bouchère à la toucher ; elle sentait l'odeur de son eau de toilette, un peu poivrée, qu'elle n'arrivait pas à identifier. Elle le voyait se passer la main sur la poitrine, repousser le bord de sa chemise et se caresser la poitrine, inlassablement, enrouler des poils autour de son doigt et tirer dessus comme si de cette douleur dépendait son sentiment d'exister.

« Qui ? demandait-il. Il repoussait d'un geste, d'un ricanement toute la question sur le métissage de Millie : « Mais non ! Mil... Ma femme n'a strictement rien à voir dans MON affaire... », sans même la regarder, comme si elle n'était pas là, assise en face de lui, une main à plat sur un genou, le verre entre ses doigts tremblants, la peau de ses joues ayant perdu toute son élasticité, et le dos détaché du dossier parce que, trempée de sueur, elle ne voulait pas abîmer le tissu neuf.

Il priait Mme Gault : « Mais, dites-moi qui... » sur un ton affable — et sans doute voulait-il la persuader qu'en lui donnant un nom, « un seul nom... le nom d'un homme puissant, d'une organisation », elle serait délivrée, elle, d'un lourd secret dont elle ignorait jusque-là l'existence. « Je ne dirai pas que vous me l'avez appris. Je ne dirai rien. Ça va vous faire du bien, ajoutait-il, douceâtre », ses jambes à quelques millimètres de celles de Mme Gault, son visage penché au-dessus du sien, ses yeux détaillant les malfaçons du maquillage de la bouchère.

« Il y a eu aussi l'abbé de Saint-Donatien, il paraît, qui aurait prévenu sa clientèle... enfin ! ses fidèles, plutôt, contre les magasins de mauvaise réputation... Mais je ne sais plus, je ne sais plus... Ça, c'était dimanche, sûrement... », bredouillait-elle, égarée dans la chronologie des témoignages.

« Tout le monde et personne. Rien. Du vent et qui a suivi dans la ville le cours du vent. Moins que de l'eau, dit alors Nine de sa voix mate. Il va falloir que tu t'y fasses. »

Et il y eut un silence.

Il regardait toujours la bouchère, ses lèvres, pensant que la phrase était tombée de là, mais sans y croire cependant. Il tourna enfin la tête vers sa fille, sembla découvrir sa présence et dut comprendre : « Rien, rien... », dit-il. Il blêmit mais, très vite, comme un funambule qui rétablit son équilibre, il se contrôla et retrouva tout son sang-froid.

Il raccompagna Mme Gault à la porte de son appartement. Il plaisanta avec elle sur le palier, protesta en riant quand elle prétendit, portant ses mains à ses joues, qu'elle avait beaucoup trop bu. Puis il lui dit : « Ne vous occupez pas de cette histoire. Si je suis capable de m'être fait des ennemis puissants, je suis capable de me défendre tout seul ! »

Il garda son calme, encore, quand, avec un entêtement innocent, Mme Gault cria dans l'escalier : « Mais contre quoi ? On vient de vous le dire... Contre quoi ? Contre rien ? Non, non, on va tous s'y mettre et vous allez voir ce qu'est la solidarité, vous allez m'en dire des nouvelles... Ce serait une honte pour toute la profession... Et on va faire ça très vite parce que nous, le premier dimanche de janvier, hop ! on s'en va en vacances... Vous allez voir ! »

Et Millie restait prostrée, les pieds l'un à côté de l'autre, la jupe tirée sur ses genoux, comme une jeune fille à qui l'on vient de crier : « Tiens-toi bien ! »

Il referma la porte et éclata de rire, tout seul, dans l'entrée : « Quelle histoire ! Quelle histoire ! » Et il ajouta, avec un insigne air de dépit : « Il fallait y penser. Je n'y aurais pas pensé... »

Pas une fois il n'avait dit : « Tout cela est faux. » Il n'y eut que Millie pour se réjouir de l'humeur de Jean-Pierre, pour s'étonner : « Tu as vu ton père ? Il prend ça bien. J'avais peur... » Il n'y avait qu'elle pour ne remarquer ni ses airs fugitifs de satisfaction orgueilleuse — « quelqu'un m'en veut », disait-il à tout propos — ni ses regards éperdus de bête qui se tapit dans un coin, rassemble son énergie et s'aperçoit tout à coup qu'elle n'a pas de proie sur qui bondir.

Il resta ainsi apparemment tranquille toute la journée de Noël qu'ils allèrent passer dans sa famille à lui. Le magasin marchait bien, la route avait été bonne, oui. Il avait des ennuis avec le club équestre où on l'accusait d'épuiser les chevaux ; et non seulement il avait des ennuis avec son loisir préféré mais le transfert du cercueil de Jean-Sébastien posait des problèmes, « comme si c'était compliqué de dégager la terre autour, de le sortir et de l'enterrer ailleurs ». Il éclata de rire. Nine avait mal aux côtes, comme s'il avait ri, de son rire tonitruant et vengeur, à l'intérieur d'elle-même. Un peu plus tard, abandonné sur une chaise, un peu ivre, il eut l'air douloureux et désarmé d'un enfant qui s'en remet enfin à sa peine. Nine s'assit à côté de lui, sans mot dire. Il la regarda de côté et dit : « Tout ça, ça te passe là, à toi... » Il mit sa main à plat au-dessus de la tête de Nine et leva les yeux au ciel.

Elle dit : « Non, ça ne me passe pas là. » Et elle eut le même geste. Mais il ne disait rien de la rumeur.

Ce fut aussi avec le plus grand calme que, le vendredi, il chassa la journaliste Arlette Charlet de son magasin. Elle avait raccompagné Marguerite Malthusse à la fin de leur réunion et était passée chez les Suzini, pour faire un article exclusif pour un magazine féminin. Là non plus, il ne dit pas : « Tout cela est faux. » Il prit un ton d'équivoque indulgence pour lui expliquer que non, ça n'émanait pas d'une population féminine sous-informée, qu'il n'y avait aucune raison pour qu'une autre population féminine bien informée prenne l'affaire en main, que ça n'avait rien à voir non plus avec une quelconque réaction contre la liberté vestimentaire des femmes, que ça ne concernait nullement ce qu'il vendait, mais que c'était dirigé contre lui, personnellement. « Ne vous mêlez pas de cette histoire », dit-il doucement. Il ne sortit pas davantage de ses gonds quand l'amie de Marguerite Malthusse s'entêta, auréolée de son parfum trop sucré, et déclara : « Vous ne vous rendez pas compte. Vous allez voir ce que sera la contre-rumeur, en regard de la rumeur qui, elle, ne dispose pas des armes dont nous disposons, car elle n'est écrite nulle part, n'a aucune forme, aucune consistance, rien... du vent... Vous allez nous en dire des nouvelles ! »

Il ne se départit pas de son calme. Il n'y avait que Millie pour ne pas remarquer que, ce jour-là, il avait gardé une chemise au col douteux et qu'il s'était rasé grossièrement. Quand il éclata, le soir même, parce que Nine rentra après l'heure de fermeture du magasin, il n'y eut, là encore, que Millie pour s'en étonner.

*

Nine s'était attardée avec Ludovic Saint-Maure. Elle s'acharnait sur l'homme à la figure jaune et le jeune homme griffonnait sur son carnet, dessinait des décors, cherchait des noms.

« Comment vas-tu lui faire répondre : "Lou", avec ta voix d'homme ?

— Justement, c'est une des filles qui répondra, d'un peu plus loin. Non seulement elle ne dira que cela, mais elle le dira d'ailleurs... »

Il regarda la marionnette et ajouta : « Tu as

exactement la même couleur de cheveux que ma petite-nièce, tu sais ? Caroline...

— Oui, oui, je commence à connaître tout le monde.

Nine sourit. Ni l'un ni l'autre ne virent la nuit s'épaissir, n'entendirent le groupe de jazz quitter la pièce mitoyenne, éteindre la lumière, laissant ainsi, au-dessus des marionnettes, la rangée de vasistas complètement noire.

Ils étaient bien. Ludovic voyait avec satisfaction le visage de Nine se détendre lorsqu'il arrivait de chez lui, vers cinq heures, et redevenir « comme avant, pensait-il — mais avant quoi ? ». Car elle avait commencé à se transformer au début du mois de décembre, et il n'était alors absolument pas question de cette histoire. Il avait remarqué ses alternances d'humeur : tantôt très sombre, soucieuse, tantôt d'une folle gaieté, elle n'opposait plus comme au début de l'année scolaire cette douceur un peu méfiante, toujours polie, par laquelle on la désignait. « Nine Suzini ? La petite, calme, qui sourit toujours... qui sourit de loin ? — Oui, c'est ça », comme si elle n'avait d'autre aspect extérieur.

Il lui demanda encore comment ça se passait, chez elle. « C'est la paix... Une paix effrayante, plate, comme avant les orages. Il n'y a vraiment que Millie pour s'en réjouir... »

Tout à coup, sans bien savoir d'où lui vint cette idée, Ludovic déclara : « Samski était d'une humeur massacrante aujourd'hui... »

Nine sursauta. La figurine en terre lui échappa des mains. Elle dit : « C'est l'heure ! » en ramassant ses cheveux. Ils poussèrent un cri tous les deux parce qu'elle avait laissé passer le temps : « Alors qu'ils ne veulent que ça, qu'ils n'ont jamais eu d'autre exigence que cette exigence stupide et mécanique et qu'obéissant à cela, toujours, j'ai réussi à avoir la paix... »

Elle attrapa sa cape et cria : « A lundi !

— Non, non. Je déménage Samski. Mardi plutôt, à mardi... »

Et Nine murmura pour elle-même : « Mardi. C'est loin... »

Elle courut alors qu'elle ne l'avait pas fait depuis le début des vacances, comme si elle réservait ses forces, son souffle pour arriver plus tôt sur la place de la cathédrale, le lundi de la rentrée. Simplement, en arrivant au niveau de la boulangerie, en haut de la rue Royale, elle se surprenait à se retourner, à prendre son élan, puis elle hochait la tête, se moquant d'elle-même.

Elle courut comme elle marchait, le regard rivé à terre. Ses cheveux lui protégeaient le visage. Puis elle donnait des petits coups de tête sur le côté, par intermittence, comme font les pigeons. Elle ne gardait du paysage urbain que d'éblouissantes impressions lumineuses qui persistaient, s'incrustaient les unes dans les autres, se projetaient sur le trottoir devant elle, toujours devant elle, comme si elle les poussait du pied et qu'au fur et à mesure de sa progression, on lui lançait, par les portes et les fenêtres des maisons, des voitures, de tous côtés, des images transparentes, parcellaires, de la ville. Seuls sa main droite, que son livre empêchait de glisser dans sa poche, et son visage sentaient le froid. Et, de sa main droite et de son visage, comme s'ils étaient directement liés l'un à l'autre et posés à part du reste de son corps, c'était surtout ses lèvres qui souffraient du gel. Surtout ça.

Elle les avala, les coinça entre ses dents pour les réchauffer en passant sa langue dessus. Mais trop serrées, ainsi privées de circulation, ses lèvres se paralysèrent. Alors elle entrouvrit la bouche et tenta de la tiédir de sa propre haleine, se laissant convaincre tout doucement, irrésistiblement, que seule une autre bouche, par un froid pareil, aurait le pouvoir de dégourdir la sienne en se posant sur la sienne, en la pressant, seule une autre bouche, tendre. Elle la sentit d'ailleurs, sans cesser de courir.

Ses deux colliers se balançaient, s'entrechoquaient sur sa poitrine, périodiquement, superposant bientôt un triolet cristallin sur quatre bruits de pas, imprimant ainsi sur le temps qui passait quelques notes de valeur plus longue, mélancoliques, par instants décalées, par instants récupérées par l'inexorable régularité de sa course. Elle comptait : « un-deux-trois-un-deux-trois » sans même s'en apercevoir, attendrie soudain, bouillant d'elle ne savait quelle impatience, quel désir.

Elle vit le mannequin de la partie gauche de la vitrine, celui qu'elle déplacerait et démaquillerait grossièrement la nuit suivante et que regarderait Victor Malthusse le lendemain, sans jamais se décider sur la nature des sensations qu'exprimaient un tel visage, une telle posture, sans jamais résoudre l'énigme.

Elle poussa la porte de l'immeuble tandis que — mais d'où venait-il ? — un sourire se dessinait sur ses lèvres réchauffées ; elle monta l'escalier, puis s'arrêta, regarda la rampe avec une douce stupeur, comme si l'on avait déroulé sous ses yeux les pieds de bronze forgé du banc de Vincent Samski et qu'on les lui avait donnés à caresser. Elle recommença à monter, entra dans l'appartement, appela : « Millie », sans crier, sans interroger, simplement parce que le visage de Millie s'imposait à son esprit lorsqu'elle entrait chez elle, et ce fut à ce moment-là qu'il la gifla.

*

Il regarda sa main droite et songea sottement qu'un peintre droitier aurait toutes les peines du monde à reproduire sa propre main droite. Puis il se dit : « Il n'y a pas de doute, c'est bien moi. »

Nine vacilla un peu sur ses jambes. De nouveau immobile en face de lui, sans le regarder, elle dit : « J'aurais tellement aimé que tu ne l'aies pas fait, que tu n'aies pas fait ça aujourd'hui, ni ça les autres jours. Jamais. Tellement aimé, tellement aimé », répétait-elle, un sourire décomposé aux lèvres, mais calme, les bras ballants le long de son corps, logée à l'intérieur de sa cape dont les pans tombaient, comme plombés, de ses épaules jusqu'au ras du sol.

Il regarda sa main droite — « Pas de doute... » — puis sa fille — « ... tellement aimé, tellement, bien sûr. J'aurais préféré, mais... bon ! il s'est passé autre chose. Il s'est passé ça », disait-elle sans rien faire d'autre.

Alors il lui demanda si par hasard son impassibilité ne venait pas de ce qu'elle était déjà un peu morte.

« Non », répondit Nine. Elle sortit une main, décrivit une demi-boucle dans l'air et, sur le ton d'une conversation badine, elle poursuivit : « C'est plutôt l'inverse. J'aimerais bien me maintenir en vie jusqu'à la fin, mourir en état d'existence, sans autre prétention que la prétention d'un pion qui voudrait aller au terme du jeu de l'oie dans le même état de pion qu'au départ, mais sans moins de prétention que cette prétention légitime, élémentaire », comme elle eût dit, avisant la clarté de l'horizon : « J'aimerais bien qu'il fasse beau toute la journée. »

Ça le rendait fou.

Autant vouloir entamer l'ascension d'un gigantesque, monstrueux tesson de bouteille que la mer eût inlassablement poli avant qu'il ne se dressât là, dans son opacité lisse, même pas comme un obstacle, mais comme un élément parmi les autres éléments du paysage, et que seul un forcené de l'escalade se représenterait comme une infranchissable muraille de verre.

Autant vouloir usurper la place de la cavalière, monter sur le cheval de bronze, l'arracher à son socle, à son immobilité séculaire, descendre la rue Royale au grand galop en laissant derrière soi le bitume craquelé et des gerbes d'étincelles, puis franchir le pont, la cambrure du pont, la lente montée du pont, ne plus toucher le sol, une fois atteint le haut du pont, que dans les forêts au sud du fleuve et poursuivre là, sur les chemins blonds de poussière, de fantomatiques adversaires : la mort, le vent.

Autant vouloir ça... Trop, beaucoup trop...

« Alors on me rendrait mon fils ! cria-t-il soudain. Quelqu'un ! Il me faut quelqu'un ! Et je serais en état de légitime défense ! Tandis que là... Regarde-moi ça ! »

Il arpenta l'entrée en tous sens, lança ses bras en avant, les referma et, voulant étreindre l'air, lutter contre l'air, il s'étreignait lui-même, luttait contre lui-même, répétait :

« Regarde-moi ça !

— J'ai vu, dit Nine. Il suffisait de dire : "Je n'en peux plus." T'asseoir et pleurer un peu, comme tout le monde. Ça s'appelle : "Avoir du chagrin, avoir peur." Depuis longtemps, tu aurais dû dire ça : "J'ai peur. J'ai de la peine", tout simplement. Au lieu de quoi... au lieu de quoi, tu n'entends même pas ce que je te dis... »

Millie avait vu. Elle était venue jusqu'à l'entrée du couloir. Puis, comme à chaque fois qu'elle voyait ce que, d'elle-même, elle n'eût jamais regardé, elle se dit qu'il ne s'était rien passé. Elle fit un pas en arrière. Un pas lourd, de corps pesant et apathique. Un pas sonore.

Nine porta sa main à sa joue. Ainsi avait-il frappé de toute la puissance de sa colère et de toute la force d'inertie de Millie, avec la permission de Millie.

Alors Nine dit : « C'est dommage, et ajouta plus fort : Millie ! Fais-nous à manger. J'ai faim. S'il te plaît, Millie. » Elle entraîna sa mère dans la cuisine.

C'était une pièce étroite et longue, la plus jolie de l'appartement selon Nine, sans doute à cause de la profusion des odeurs, de la chaleur et des teintes, toutes en marron, ocre et rouille qui y dominaient, les Suzini s'étant débarrassés là des meubles les plus rustiques, les plus sobres. Elle n'était pas fonctionnelle. C'était le seul lieu où Millie arrivât à s'agiter, à bougonner, à sortir de ses gonds parfois. La pièce était sombre le jour, à cause de la fenêtre, haut située au-dessus de l'évier, et qu'on ouvrait en tirant sur une ficelle. Aussitôt la nuit tombée, cinq petites lampes réparties sur les meubles et la table y dispensaient une lumière indirecte. Les ronds que projetaient les abat-jour s'entrecroisaient ici et là, décrivant des fuseaux fantaisistes.

Nine s'affala à l'endroit habituel, la tête entre les mains, au bout de la table appliquée contre le mur, et Millie s'assit en face d'elle, au bord de la chaise, sans s'adosser. Elle jeta des coups d'œil malheureux sur la cuisinière qui dégageait des parfums tentants, sur la place vide de Jean-Pierre, sur les cheveux de sa fille. Elle posa ses mains à plat sur ses cuisses et attendit.

« Pourquoi ? demanda Nine, la voix étouffée.

— Pourquoi quoi ?

— Pourquoi tu ne fais rien ?

— Oh ! répondit Millie mollement. Ça a toujours été comme ça. Je ne peux pas vouloir, je n'y arrive pas. Quand j'étais gosse... »

Millie s'interrompit, eut un joli sourire rêveur, et ajouta : « Je ne m'en souviens plus... c'est bien la preuve que je n'avais pas besoin de vouloir, non plus. C'est passé comme ça... elle eut un geste lent de la main,... tranquillement. Fais ci. Fais ça. J'ai fait ci, j'ai fait ça. Pense ci. Aime ça. J'ai pensé ci. J'ai aimé ça. Et le temps a passé. La liberté m'aurait tellement fait peur... Le temps a passé. Tout passe... Tout va passer... Cette histoire aussi. Même quand c'est vrai, ça passe, alors tu penses, une diffamation pareille... Ça me fait penser que quand j'étais gosse...

— Tu l'es toujours, Millie, dit Nine doucement en contemplant le visage redevenu enfantin de sa mère. Oh, la la !... poursuivit-elle. Tu te rends compte ? C'est le drame et je pense déjà à l'été prochain. A l'été !... J'ai l'été dans la peau, en ce moment... Ça n'est pas sérieux, vraiment... »

Elle éclata d'un rire nerveux, inextinguible, qui stupéfia Millie, la laissant dans la même posture, les sourcils soulevés en accent circonflexe au-dessus de ses yeux effilés et dormeurs. Elle demanda à Nine si elle pleurait ou si elle riait. « Les deux », répondit sa fille. Puis Millie rentra sa tête dans ses épaules car la porte de l'appartement claquait dans son dos. « Il est parti », dit-elle et elle resta bouche bée.

La nuit était glacée.

Suzini marchait à grands pas lents, le manteau ouvert, les mains dans les poches de son pantalon, sa chemise déboutonnée jusqu'à la poitrine, une écharpe jetée autour du cou. Le froid lui piquait la peau. Il ne s'était pas rasé depuis la veille, mais même cet air négligé semblait avoir été savamment étudié. Sa cigarette était collée à sa lèvre supérieure, au milieu de sa bouche légèrement entrouverte. Elle rougeoyait, tombant à l'oblique, et lui avançait, la tête un peu renversée, les paupières mi-closes pour protéger ses yeux de la fumée.

La cigarette se consumait d'elle-même. Il ne tirait pas dessus, comme si elle n'était qu'un accessoire destiné à lui donner un « certain genre », pour les besoins d'un rôle qui aurait gardé cependant quelque chose d'indéfini : il allait sans direction, dans le seul but semblait-il de marcher, marcher, à la fois arrogant et désemparé, tels ceux qui n'ont que leur orgueil à proposer à leur désespoir, qui disent, placés en face de leur malheur : « Il n'y a qu'à moi que tout cela pouvait arriver », en éprouvent un inavouable plaisir, puis se mettent en route, parcourent quelque distance, mais soudain ne savent plus s'ils sont en fuite, poussés dans le dos par la peur, s'ils sont en chasse, ou si leurs pas, les laissant absolument au même endroit, font glisser autour d'eux le décor.

La cigarette lui brûla les lèvres. Il la cracha devant lui, s'arrêta et regarda le mégot brûler à ses pieds. La petite lueur rouge s'éteignit enfin. Il s'échappa encore un peu de fumée, frêle, insaisissable, que le vent coucha à terre, puis le vent dispersa la cendre. Jean-Pierre Suzini reprit sa marche.

Les feux orange, les guirlandes tendues en travers de la rue, quelques enseignes clignotaient entre chacune des arcades qu'il dépassait. Le bruit de son pas retentit sous la voûte de pierre. L'écho lui revint aux oreilles, légèrement altéré, comme si quelqu'un errait à ses côtés, mais sur une passerelle jetée sur un espace vide, avec un infime retard sur lui. Il regarda de tous côtés, sortit du tunnel délimité par les arcades et parcourut des yeux toute la rue Royale, depuis le pont jusqu'à la statue équestre.

La rue était déserte et silencieuse, mais à un point tel qu'il se demanda si le désert et le silence n'étaient pas en lui-même, s'il n'avait pas en réalité croisé des passants, surpris des bribes de conversations, s'il n'avait pas vu des voitures et même échangé quelques regards, si donc, privé de sens pendant quelques instants, il n'avait pas éclipsé ces présences, ces mouvements, ces murmures.

De nouveau sous les arcades, il considéra le chemin qu'il venait de parcourir, l'esprit vide. Il était à une centaine de mètres du magasin, pas davantage. Il avait dû marcher, tourner à droite, à droite encore, tourner en rond, revenir sur ses pas et repasser devant chez lui sans même s'en apercevoir. Il se frotta les yeux et le front, comme en proie à une insupportable migraine. Quelques personnes allaient et venaient sur le trottoir, les unes flânant, les autres se pressant, emmitouflées dans leurs manteaux. Le boulanger sortit alors ses poubelles, chaussé de mules écossaises, fourrées d'une laine beige et bouclée. Suzini le salua. L'homme lui adressa un sourire crispé et rentra précipitamment chez lui, claqua la porte, ferma le verrou à double tour. Suzini l'entendit accrocher une chaînette. Puis le rai de lumière qui coulait sur le perron disparut.

Jean-Pierre haussa les épaules. Il pivota sur lui-même et se fit bousculer. Une ambulance passa à grande vitesse, la sirène hurlant.

« Excusez-moi, vraiment, je suis désolé, dit Suzini en saisissant la passante par le bras.

— Mais non, c'est moi », protesta la femme. Elle avait des verres très épais derrière lesquels ses yeux apparaissaient minuscules et inquiets, deux petits yeux de souris traquée. Elle eut un sourire lamentable et poursuivit précipitamment : « C'est toujours comme ça... je me fourre dans les jambes des gens... plus ils sont grands et moins je les vois... et pareil pour les gaffes... » Elle contempla la main de Suzini sur son bras et ajouta : « Ne vous excusez pas surtout. Tout est de ma faute... vous n'êtes pour rien dans cette affaire... » Elle avait une petite voix confuse et coupable. Elle se baissa et ramassa le contenu de son sac qui, dans la bousculade, s'était renversé tout ouvert sur le trottoir.

Il ne l'aida pas. Il resta debout à la contempler comme il avait regardé la cigarette finir de se consumer. Quand elle se redressa, elle le vit ainsi immobile, les mains dans les poches, avec un air à la fois furieux et éperdu. Elle lui dit « merci ! » puis elle secoua la tête : « Mais non... » et elle répéta plusieurs fois que c'était sa faute à elle. Enfin elle s'éloigna. Suzini la suivit des yeux en se disant : « C'est ça un coupable !... » et il fut pris d'une irrépressible envie de rire.

« ... Mais je ne peux pas lui en vouloir, disait Millie en avalant la nourriture sans la mâcher..., parce qu'il a toujours voulu, pour moi aussi, ce que je n'ai jamais su faire. Seulement maintenant, je ne comprends plus ce qu'il veut. Je crois qu'il veut pour vouloir, pour sentir en lui la volonté... Remarque qu'il n'a aucun désir, tandis que je n'ai jamais ressenti que cela : le désir... l'appétit, la soif, l'envie de faire l'amour, dit Millie simplement. Alors que lui... »

Nine l'interrompit : « Ça va ! Tu parles trop... » Elle rougit, prévut que cet été... puis elle s'immobilisa, la fourchette à mi-parcours. Elle la reposa dans son assiette et annonça à sa mère que Jean-Pierre allait arriver d'un instant à l'autre, qu'elle l'entendait dans l'escalier. Elle le reconnaissait à son pas. « Il a l'air agité », précisa-t-elle tranquillement. Elle eut un petit rire. « Il n'en a pas eu pour longtemps... C'est qu'il n'a trouvé personne. Il ne sait pas rester seul. Il lui faut quelqu'un... un écho à sa volonté, sans doute... lui l'exécutant, les autres en témoignant... »

Millie dit : « Je ne sais pas comment tu fais pour le reconnaître à son pas. Je le toucherais les yeux fermés, je ne le reconnaîtrais pas. Il n'y a rien qui ressemble davantage à une peau qu'une autre peau, à quelqu'un qui monte un escalier que quelqu'un d'autre...

— L'instinct », répondit sa fille, horrifiée.

Il ne pouvait ni entrer ni sortir sans claquer la porte. Il arriva dans la cuisine, ne se déshabilla pas, souleva le couvercle du faitout, le laissa retomber, marcha de long en large en criant qu'il n'y avait dehors que de pauvres fantômes qu'un seul de ses regards suffisait à apeurer, et qui étaient prêts à s'accuser de tous les crimes de la terre, même de ceux qui avaient été commis avant la nuit des temps... « Des minables ! Des minables ! » Il retourna sa chaise, s'installa dessus à califourchon et, s'adressant à Millie, il dit : « Ça n'est pas ce que je cherche !... Quelqu'un est bien à l'origine de cette rumeur ! Quelqu'un m'en veut ! Peut-être les commerçants, tous regroupés, contre moi ?... Ou alors cette histoire de chevaux ?... Le gardien du cimetière ?... Qui ? Mais qui ?... Il me faut quelqu'un... »

Millie hochait la tête en se plaignant faiblement et Nine intercalait entre chacune des phrases de Suzini : « Du vent, du vent, du vent... »

« ... sinon... qu'est-ce que je vais faire ?

— ... du vent...

— Veux-tu me dire, Millie, ce que je vais faire ? »

Mme Suzini eut une moue apeurée puis elle suggéra : « Porter plainte. Porter plainte contre X... en diffamation ! et elle eut un sourire lumineux.

— Tu parles comme un flic. Une malheureuse petite cervelle logique de flic, voilà tout ce à quoi j'ai droit pour me donner la réplique. Non, non... laisser faire, et non seulement laisser faire mais en rajouter, car me voilà dépossédé de mon malheur... et il finira bien par montrer son visage, son vrai visage... Il ne pourra pas supporter que je ne réagisse pas... Il viendra... Je le vois déjà... »

Jean-Pierre Suzini se leva de sa chaise, parcourut le couloir comme un somnambule. « ... Je l'entends d'ici... Il s'approche car mon silence lui est insupportable... C'est comme si je lui disais : "Quoi ? Mais je n'ai entendu parler de rien... Mais non, je vous assure..." Il ne le supporte pas... Il veut savoir ce que ça me fait... Il veut connaître et mesurer très exactement l'étendue du préjudice... Il veut se faire connaître..., disait-il tout en marchant. Il est là, devant moi et m'interpelle : "Alors ? Alors ? Alors ? Où cela vous fait-il mal ?"... »

Jean-Pierre Suzini desserra lentement ses poings et laissa retomber ses bras le long de son manteau ouvert. Il ferma les yeux et s'appuya, le front contre la glace de l'entrée. Il dit encore : « C'est tout. Je n'en peux plus », et il s'abandonna dans les bras de Millie.

*

« ... Mais ça n'a duré qu'un moment », raconta Millie le lendemain, tandis que Victor Malthusse l'écoutait distraitement, un sourire aux lèvres, ses yeux passant des genoux de Millie à son visage, de ses lèvres gonflées à la supplique de son regard, à ses mains qui froissaient sa jupe, à toutes les rondeurs moelleuses de son corps...

« ... Il a glissé la photo de son fils sous son polochon et s'est endormi comme une masse... dans la nuit, il s'est réveillé, il s'est retourné et m'a dit : "Tu pourrais faire un régime, c'est dégoûtant..." Toutes ses douleurs s'étaient déjà transformées en aigreurs, de nouveau... On ne peut pas lui en vouloir, non, mais c'est quand même difficile... Et le lendemain, c'était comme si rien ne s'était passé... Il est parti monter à cheval... Il y est depuis ce matin... Et maintenant qu'est-ce que je vais bien pouvoir lui dire ?... Qu'est-ce qu'il va faire quand il va savoir que la rumeur s'est enflammée sur la place du marché, et que non seulement il n'en est pas responsable, que non seulement c'est tout le monde et personne, mais qu'il n'est plus le seul à être accusé de ces insanités et que la moitié de la ville s'est liguée pour le défendre ?... Je suis bien ennuyée en attendant », ajouta Millie Suzini avec une jolie moue d'enfant boudeuse.

Puis elle sourit, regarda Victor Malthusse, froissa encore sa jupe et rougit en disant, d'une voix troublée : « Alors moi, je m'en souviendrai de ce 27 décembre !... »

III

On accédait chez les Samski par une porte cochère de chaque côté de laquelle s'élevaient de hauts murs seulement décorés d'une inscription : « Défense d'afficher », qui avait résisté aux assauts de la pluie et du vent, qui n'avait pas terni à la lumière et semblait, dans sa netteté, défier le cours du temps.

Ludovic descendit de son camion — un vieux Dodge bâché de bleu, dont le tuyau d'échappement fumait, tremblait et crachait, et qui servait à Guy Saint-Maure lorsque l'envie lui en prenait de sillonner les allées qui menaient d'un de ses étangs à un autre, de ramasser des branches aux nœuds verdis par la moisissure puis de les déposer n'importe où, puisque Élisabeth se refusait maintenant à voir se salir les cheminées de sa maison. « Ça ne va pas avec les matériaux modernes », avait-elle décrété.

Le jeune homme tira sur une clochette antédiluvienne dont la poignée faillit lui rester dans la main. Il attendit, le nez levé sur le panneau : CHARBONNAGES-COSTE. Il entendit des pas précipités, des bruits de voix féminines puis un petit volet s'ouvrit dans la porte. Le visage d'Isabelle Samski s'y encadra. Elle rougit, dit : « Oh ! C'est toi ! » et referma le volet en criant : « On arrive ! »

Ludovic remonta dans son camion, essuya la buée qui s'était formée sur le pare-brise pendant qu'il patientait, et la porte s'ouvrit. Isabelle, d'un côté, une de ses sœurs de l'autre, étaient appuyées contre les battants et regardaient vers le milieu de la cour. Là se tenaient debout, en face du camion, Mme Samski, vêtue d'une robe terne sur laquelle elle avait jeté, sans l'enfiler, une longue pelisse de fourrure, et ses deux autres filles, l'une à sa droite, l'autre à sa gauche, très légèrement en retrait.

La cour était cimentée. Les portes des hangars étaient repoussées, laissant béants des entrepôts vides, au sol constellé de petits morceaux d'anthracite. Soudain, Mme Samski leva le bras, fit signe au jeune homme d'avancer et de faire demi-tour. Elle baissa son bras, tourna le dos au camion et se dirigea vers la maison d'habitation, ses filles dans son sillage, en escadrille. Ludovic commença à exécuter la manœuvre en marmonnant : « Il-ne-faut-pas-que-j'éclate-de-rire... » puis, se souvenant des lignes qu'une institutrice lui donnait à écrire à chaque récréation et qu'il faisait en procédant par colonnes de mots, il se mit à chanter, en mettant à mal les ressorts de son siège : « Il-il-il, ne-ne-ne, faut-faut-faut, pas-papapa... »

Il maudit son père d'avoir acheté un vieux camion aussi peu maniable. Il maudit aussi l'étroitesse de la cour ; Vincent Samski qui lui faisait perdre la matinée de ce lundi ; le chat allongé à l'intérieur de la maison, sur le rebord de la fenêtre, et qui le contemplait, lui semblait-il, avec insolence ; l'inélégance et l'étrange ressemblance des quatre sœurs Samski ; l'expression de souveraine autorité de la mère, toujours postée devant sa porte ; le froid et la buée qui ne cessait de se former ; sa propre musculature si faiblement développée qu'il exécutait ce laborieux demi-tour avec l'impression que le toit de la cabine lui était tombé sur les épaules ; les pans de murs aveugles des deux maisons qui dominaient chaque hangar et qui, donnant sur la cour, avaient dû être frappées de servitude de vues... Il avisa la ruelle qui s'en allait, au fond, jusqu'au pavillon de Vincent, ruelle qu'il devrait prendre en marche arrière et qui était à peine plus large que ce Dodge de malheur...

« Oui, répondit-il en souriant à Mme Samski. C'est une belle journée, vraiment. »

Il regarda le ciel, uni, bleu métallisé, d'une inébranlable sérénité.

Mme Samski dit que Vincent n'était pas arrivé. « Et je ne sais pas où il est, évidemment. » Elle ajouta que tout ça la tuerait et lui proposa une tasse de café. Sans attendre la réponse de Ludovic, elle déclara : « Cécile va nous faire ça très bien, n'est-ce pas ? » et elle regarda Marie-Laure, par erreur. Elle rit de sa méprise : « Je m'y perds, je m'y perds... De toute façon, c'est pareil. » Elle entraîna tout le monde à l'intérieur. « Excusez-moi, je vous précède. » Elle traversa un bureau austère à petits pas énergiques, s'arrêta au milieu d'une grande pièce et, désignant pourtant un fauteuil à Ludovic, elle le pria aimablement de s'asseoir où il voudrait. Elle resta debout, le considéra un moment en plissant ses yeux très clairs, un peu comme si elle le perdait de vue. Elle eut un brusque hochement de tête et se passa les mains dans les cheveux, lentement, dégageant ainsi les mèches de son visage. Elle était de ces femmes d'une soixantaine d'années dont on dit : « Autrefois elle était belle », et dont les traits accusent l'amertume de cet imparfait, au lieu de s'organiser en une autre beauté, plus reposée. Ses paupières se relevèrent et, la voix complètement transformée, très mondaine, elle dit : « C'est vraiment très gentil de la part de vos parents d'accueillir ainsi Vincent et sa jeune sœur pour faire de la musique. Ce sont des Coste, tous les deux, voyez-vous... Les trois autres aussi, bien sûr... mais surtout ces deux-là. Ils ont la musique dans le sang. La musique et le sens des affaires. Ma mère et mon grand-père exactement pareils... Ce qui nous a perdus... Mais c'est l'éternel problème, n'est-ce pas ?... On ne peut pas faire d'enfants tout seuls et qu'est-ce qu'on ferait, d'un autre côté, si on n'avait pas d'enfants ?... »

Elle regarda par la fenêtre et soupira : « Mais je ne sais pas ce que fait votre frère, décidément... »

Le chat fit le dos rond, bondit et s'enfuit dans la pièce mitoyenne.

« Bah ! Laisse-le, hasarda Isabelle.

— Le laisser... Le laisser... Mais je ne fais que ça... et maintenant, que va-t-on faire de ce pavillon ? Je ne vais tout de même pas le louer à des étrangers... »

Pris à témoin Ludovic Saint-Maure eut un geste fataliste.

« ... Nous l'avions aménagé pour le vieux Coste, d'abord. Mais il est resté là. Il a prétendu qu'on voulait l'isoler et que ça le tuerait. Ma mère a dû y passer une ou deux semaines, autant que je me souvienne, mais rien n'y a fait non plus. Elle est revenue à la maison. Elle dormait dans la chambre du dessus... et quand je dis qu'elle dormait, je devrais plutôt dire qu'elle marchait dans la chambre du dessus, toute la nuit... »

Elle leva la tête et regarda le plafond avec appréhension, comme si elle s'attendait à l'entendre de nouveau.

« ... Finalement, c'est Vincent qui s'y est installé et c'est sa femme qui est partie. Et tout comme ça, comme si je n'avais pas assez d'ennuis. Le café ? » cria-t-elle.

De la cuisine, Cécile répondit que ça se faisait. Mais Mme Samski décida d'aller vérifier si sa fille ne s'était pas trompée dans les doses.

Un peu intimidé par le silence qui suivit, Ludovic toussa puis demanda de ses nouvelles à Isabelle. « Je ne t'ai pas vue depuis vendredi... » Ce fut sa mère qui répondit, dans le dos du jeune homme : « Elle est très fatiguée en ce moment. C'est l'âge... » et elle disparut.

Claire dit alors : « C'est toujours l'âge ou le temps, la saison ou les événements. D'ailleurs si on va bien, c'est qu'on va mal et si on va mal, c'est encore pire, en réalité. Dès que j'ai trouvé du travail, je fais comme Vincent : je prends la tangente...

— Égoïste ! soupira Marie-Laure. Et nous ? C'est encore nous qui devrons... »

Elle fut interrompue par Isabelle qui demanda en ricanant si Claire n'avait pas un homme en vue, par hasard.

« Tu crois peut-être que je vais m'embarrasser de ça ? Pour que ça fasse pareil ? J'ai vu le travail...

— Pourquoi pareil ? objecta Ludovic. Pas forcément...

— Parce qu'on t'injecte un programme exactement comme dans l'ordinateur de Vincent, répondit Claire avec violence. Et qu'à partir de là, le mieux que tu aies à faire c'est de répondre : "Absente... Abonnée absente..." »

Ludovic Saint-Maure dit : « Ah ! mais pas du tout... Je ne suis pas du tout d'accord... » puis il se tut car Cécile revenait avec le plateau. A un pas derrière elle, Mme Samski prédit que le café ne serait pas bon.

Elle y goûta la première, fit la grimace et s'adressa à Ludovic. « Oh ! Je suis désolée, vraiment. Voulez-vous que j'en refasse ?

— Mais non ! Je vous en prie ! Il est très bon...

— Vous dites ça par politesse. Je sens bien, moi, une espèce d'amertume... »

Elle fit claquer sa langue et se demanda à voix haute si c'était sa faute à elle qui n'aurait peut-être pas dû rajouter une demi-mesure ou si, de toute façon, Cécile avait tout gâché depuis le début en s'y prenant mal. Ludovic s'entêta à trouver le café tout à fait à son goût. Partagé entre l'envie de rire et l'exaspération, il dirigea son regard vers la fenêtre et guetta l'arrivée de Vincent.

« Cet animal est incroyable, dit alors Mme Samski. Il reconnaît le bruit de la voiture avant nous. »

Le chat venait de se réinstaller sur le rebord de la fenêtre. Il avait collé son museau contre la vitre, comme le font certains enfants.

Quand Samski entra, vêtu de son pardessus bleu marine, avec son air absent et son sourire presque trop doux, qui semblait abandonné depuis toujours sur ses lèvres, Ludovic eut l'impression qu'il n'avait jamais quitté ce pardessus, jamais traversé d'autres saisons plus chaudes, plus lumineuses, et que le temps, pour cet homme, était aboli. A la question que lui posa sa mère sur la température extérieure, il répondit : « Il y avait trois degrés au sud, à sept heures trente », comme si, depuis, le soleil ne s'était pas levé, n'avait pas réchauffé l'atmosphère, et comme s'il lui était devenu impossible de se prononcer sur ses propres sensations. Elle ne lui en demanda pas davantage. Une de ses sœurs lui servit un café. Il déboutonna son manteau, s'assit, et le chat lui sauta sur les genoux. Il le caressa sans le regarder. Il demanda à Ludovic s'il avait cinq minutes — « le temps de me reposer, et on y va ». Il sourit. Le jeune homme dit : « Mais bien sûr. » Samski abandonna le chat et tourna inlassablement sa cuillère dans sa tasse. Après un bref instant de silence, les femmes se mirent à discuter du magasin de M. Suzini et des deux ou trois autres qui devaient être associés dans cette « sale entreprise » d'affaire de drogue ou de traite de Blanches, ou même des deux... « Maintenant, même les Français s'y mettent », dit Marie-Laure. Ludovic intervenait de temps à autre en disant : « C'est complètement faux. Je sais que c'est faux », sans toujours oser dire qu'il connaissait bien Nine, parce qu'il craignait plus encore la curiosité malsaine, l'indiscrétion, que la médisance. D'ailleurs il se demandait ce qu'il aurait pu dire d'elle. Vincent leva les yeux et regarda son entourage — mère, sœurs, meubles — comme s'il en avait oublié un moment l'existence. Alors, de même que pour le café auquel il avait tardé à goûter, il lui sembla que ça s'était « refroidi ». Il écouta d'abord la conversation avec l'air placide du télégraphiste qui écrit fidèlement, sous la dictée, un message dramatique et urgent, et ne considère, dans chacun des termes, que le nombre de lettres et le tarif correspondant. Soudain il pâlit, posa sa tasse sur la table basse, se débarrassa de son chat et se redressa en criant : « Vous savez bien que c'est complètement faux !... »

Claire dit qu'elle n'avait jamais cru un mot de cette rumeur. « Évidemment, il n'y a pas de fumée sans feu, précisa-t-elle. Mais jusqu'à prendre de telles proportions !... Non, c'est vraiment de l'hystérie collective. » Ludovic acquiesça d'un signe de tête. Vincent Samski parut se demander ce qu'il faisait là, debout dans cette pièce, quand sa mère intervint : « Si c'est faux, alors, c'est une abomination ! »

L'homme sursauta : « Une abomination ?

— Oui. Imagine les ravages... pour ce Suzini et sa famille... Une abomination !

— Oui », dit Samski avec un air accablé. Il fit un signe à Ludovic. « On... On y va », lui dit-il avec difficulté. Il sortit un petit sac de toile bleue de la poche de son manteau et le posa sur la table. Marie-Laure ramassa les miettes de pain avec agacement.

« Que veux-tu qu'on fasse de ça ? lui demanda-t-elle.

— Et moi ?

— Ce que tu en faisais. »

Vincent haussa les épaules et s'éloigna.

« On ne pourra pas emporter le piano, dit

Ludovic après avoir visité le pavillon. Je n'ai pas pensé à ce problème. Il est trop lourd pour le Dodge. »

Mais Samski ne sembla pas s'en soucier. Il s'approcha du jeune homme et lui demanda, en désignant la pièce mitoyenne dans laquelle évoluaient et bavardaient ses sœurs. « Connais-tu un moyen de les faire taire ? » Ludovic tenta de plaisanter : « ... Chevrotine », proposa-t-il avec un sourire difficile. Il fut tiré d'embarras par Claire qui attira son frère et lui parla à voix basse. Samski haussa les yeux au ciel et sortit son portefeuille. Il lui donna de l'argent tout en répondant à Cécile que oui, elle pouvait prendre le tapis violet, qu'il n'en aurait pas besoin là-bas.

« Est-ce qu'on peut venir avec vous ? » demanda Isabelle quand tout fut terminé. Elle jeta à Ludovic un regard en biais, suppliant.

« Pas question, répondit son frère qui sursautait, comme si on le réveillait, à chaque question qu'on lui posait.

— Mais moi ? Moi toute seule ?...

— Non. Personne. » Samski ajouta, à l'adresse du fils Saint-Maure : « Je te précède... » Il s'éloigna. Du bout de sa canne, il tapa sur la porte métallique d'un hangar. Onze coups de gong. « C'est l'heure », murmura-t-il.

Ludovic Saint-Maure monta dans son camion. Isabelle s'accrocha à lui : « Moi. Moi toute seule... Ça ne va pas être drôle... Elle est déjà dans la chambre du haut, à pleurer — tout son rimmel a fondu comme si elle s'était maquillée avec du charbon — à dire qu'elle a mal là. » Isabelle montra sa gorge. « Emmène-moi. Je vous aiderai... » Ludovic lui caressa les cheveux d'un geste maladroit. « Non, écoute..., dit-il doucement. Il ne veut pas.

— Il ne veut jamais rien. Il ne veut plus rien...

— Il veut avoir la paix. »

Isabelle soupira : « Je sais bien où il la trouvera... Emmène-moi.

— Non. Mais on se reverra mercredi. C'est Nouvel An chez les Saint-Maure », annonça-t-il cérémonieusement. Il rit. Comme Isabelle avait l'air étonnée, il ajouta : « On l'avait dit à ton frère.

— Il ne m'a pas fait la commission.

— Oh ! Il a dû oublier. A cause de ce déménagement... à cause de tout le travail qu'il avait... A mercredi !

— Oui, oui, c'est ça. » Elle eut un sourire si reconnaissant, si ému, que Ludovic, un bref instant, la vit toute transfigurée par la joie. Il lui dit que, comme ça, elle était jolie. Isabelle rougit et ricana gauchement.

« A mercredi ! » dit-il encore à Vincent Samski après avoir installé ses meubles dans son nouvel appartement, de l'autre côté du fleuve. « C'est calme, ajouta-t-il. A part ces dragues qui ronronnent sans arrêt... Mais on doit très bien s'y faire.

— A mercredi, dit Vincent en le raccompagnant. Merci beaucoup.

— Je t'en prie. Ça m'a fait plaisir. Ça ne m'a pas dérangé... Je... je t'en prie.

— Si, si, merci », insistait Vincent en regardant ailleurs.

Il referma la porte et resta un moment immobile à contempler sa main sur la poignée. Il fit le tour de son appartement, mit un disque et s'installa à sa table ovale, devant la fenêtre. Il s'accouda et posa son menton dans ses mains. Il regarda le fleuve qui charriait des petits blocs de glace. Il entendit le bruit des dragues — Ludovic avait dit quelque chose à propos du bruit des dragues... — et, autour du bruit des dragues, le silence. La pièce, fraîchement repeinte en blanc, sentait le propre.

*

Guy Saint-Maure se lissa le crâne en commençant par le front comme s'il franchissait les étapes successives de sa calvitie. Ses multiples maladies lui revinrent en mémoire. Il se surprit à dénombrer scrupuleusement sur son corps les cicatrices de blessures ou d'interventions chirurgicales, les traces laissées par les piqûres des guêpes, par celles des moustiques auprès de ses étangs, par les morsures de ses chats et les éraflures des rosiers. Il eut l'impression qu'on l'avait dépecé à son insu, qu'on avait étendu sa peau sous ses yeux et qu'on allait le contraindre à procéder lui-même à toutes sortes d'opérations de tannage.

Ses soixante-deux années pesèrent sur lui comme une couverture jetée d'autorité sur les jambes d'un convalescent malgré la tendresse de l'air — privant celui-ci de cette sensation délicieuse, le forçant ou à se contenter du souvenir qu'il en avait ou à se livrer à cet épuisant exercice mental qui consiste à transporter sur le bas du corps les perceptions de la partie supérieure, elle laissée libre, sensible.

Guy Saint-Maure rangea son stylo à plume Mont-Blanc dans un boîtier en écaille qu'il garda dans sa main. Il se renversa dans son fauteuil, ferma à demi les yeux et caressa distraitement le vieil étui. Il reconnut au toucher le camaïeu de veines brunes. En passant simplement ses doigts sur les charnières érodées, il réentendit les innombrables bruits d'ouverture et de fermeture du plumier. Il sentit l'oxydation du cerclage de cuivre. Soudain il rejeta cet objet avec un sentiment horrifié : l'eût-il posé parmi des milliers d'autres, il l'eût immédiatement, à l'aveugle, identifié comme sien. La familiarité de son plumier lui parut d'une insolence suprême.

Il soupira et retira ses lunettes. Retenues par une chaînette en or, elles tombèrent sur sa poitrine, comme un regard en expectative posé sur son automatisme respiratoire.

Le lent monologue de Mame parvenait jusqu'à lui sous l'aspect d'un murmure aux termes imperceptibles, mais inlassable, entêté. Ils étaient tous deux seuls dans la maison. Ludovic était dans les dépendances, occupé à quelque tâche mystérieuse dont l'utilité échapperait à jamais à l'entendement de Guy Saint-Maure. « Mieux vaut ne rien faire du tout », pensait-il lorsqu'il voyait son plus jeune fils arpenter la longueur puis la largeur de l'ancienne étable en marmonnant des phrases inintelligibles.

Il hocha la tête et leva les yeux au ciel. « Cette génération est incapable de rester oisive... » Il entendit alors distinctement les pulsations de la comtoise. Il la regarda comme on regarde, adolescent, une gouvernante austère dont on estime qu'elle a fait son temps, puis il fit une grimace et ouvrit un des tiroirs de son bureau. Il en sortit un pochon de cacahuètes et un flacon de Chivaz auquel il but, au goulot. Privé de ses lunettes, bientôt gagné par une ivresse légère, il eut l'impression que le balancier de l'horloge sortait de sa carcasse rigide et se tendait vers lui, comme la main du Commandeur. Il ricana, but encore, se mit à pianoter sur son bureau et à croquer bruyamment les cacahuètes. En altérant les sons, en jouant sur des amplitudes variables, il réussit à s'émanciper du tic-tac autoritaire. Il ne perçut plus alors, dans l'égrènement des secondes, que la musique même de la vie qui se poursuivait en lui. Il sourit et le téléphone sonna. C'était Victor Malthusse. Tout en parlant il caressait le ventre et les seins de Millie assoupie à côté de lui dans la posture d'une odalisque. Sa peau était d'un jaune un peu brun, très douce. Il disait à Guy Saint-Maure, d'une voix lointaine, que sa présence était souhaitée à la réunion de cet après-midi. « Ah ! oui ! oui ! répondit M. Saint-Maure. Bien sûr, je viendrai. Il faut en finir avec ces calomnies. » Victor posa ses doigts sur la bouche de Millie qui recommençait à gémir doucement. Puis il raccrocha et lui annonça que Saint-Maure avait accepté non seulement sans difficulté mais avec un certain plaisir. « On se trompe sur ces gens-là », ajouta-t-il songeur. Millie l'attira à elle. Il l'avait vue le dimanche pendant que Marguerite était encore à dresser un plan stratégique pour prendre de court la rumeur elle-même et les groupes concurrents qui voulaient se mêler de ça, alors que c'était une « affaire de femmes ». Pour régler ces affaires de femmes, Marguerite avait exactement le comportement qu'elle avait dénoncé chez les hommes. Elle tapait sur la table, levait les yeux au ciel et s'appuyait au mur, les jambes croisées, comme un pilier de bistrot. Mais Victor lui reconnaissait des indignations magnifiques. « Vas-tu te décider à faire quelque chose ? avait-elle demandé à son mari. — Ah ! oui, bien sûr ! Je m'occupe du chapitre des Suzini... » Il avait appelé Millie qui avait traversé la rue Royale sous l'œil circonspect de Mme Gault.

Il l'avait revue le lundi car le magasin était fermé. Millie s'était révélée autant maîtresse insatiable que caissière impavide. Elle jouissait sans bruit et il s'était même demandé si elle éprouvait quelque plaisir. Aussitôt après avoir appelé Guy Saint-Maure, comme elle l'attirait de nouveau à elle, un peu enhardi par l'impression qu'elle lui donnait de ne pas bien le reconnaître, il lui posa la question : « C'est que vous ne... c'est que vous n'êtes pas... vraiment satisfaite ? »

Millie Suzini pouffa de rire dans sa main et répondit de sa voix de ventriloque : « Mais si, au contraire... Quelle idée ! Quand vous reprenez d'un plat, c'est bien que vous l'aimez... » C'était aussi simple que ça, d'une innocence étourdissante pour Victor.

Guy Saint-Maure pensa que le fils Malthusse venait de se réveiller. « Ou alors c'est moi qui ne supporte plus l'alcool. » Puis il se frappa le front : « Bon sang ! Je n'ai pas de voiture... » Il sortit de son bureau et se sentit léger et joyeux. « Guy ! Nom de Dieu ! » cria Mame. Il soupira et se dirigea vers le salon de musique. La vieille femme tricotait dans la pénombre. « J'ai tout entendu, dit-elle. Je t'accompagne. » Et elle donna un petit coup de tête autoritaire. « Je croyais que tu étais dure d'oreille.

— Je suis dure d'oreille mais ça dépend pour quoi.

— Il fait froid et je prends le Dodge.

— Formidable ! dit Mame en lâchant son ouvrage. Je me mettrai derrière, dans ce fauteuil-ci. Je contemplerai le paysage, je verrai la route s'en aller, s'en aller, je verrai la maison s'éloigner.

— Non.

— Guy, dit Mame après un moment de silence. Tu es mon fils.

— Et alors ?

— Et alors, je suis ta mère...

— J'ai soixante-deux ans, protesta Guy Saint-Maure en sentant tout son corps s'appesantir, toute sa joie se transformer en crainte, toute sa volonté fondre.

— J'en ai quatre-vingt-sept, rétorqua Mame. J'ai toujours été ta mère. J'ai toujours été une femme. J'ai toujours eu vingt-cinq ans de plus que toi. Malédiction des malédictions ! Je pourrais bien mourir, ça continuera à te parler... Je le sais, ajouta-t-elle en souriant à son fils. Ça fait quatre-vingt-sept ans que ton grand-père me casse les pieds ! »

Guy Saint-Maure soupira profondément. Les cernes gris se creusèrent. Ses bajoues prirent un air lamentable. Il objecta : « Ça force Ludovic à venir avec nous pour tenir le fauteuil dans les virages. Et puis... mais qu'est-ce que je vais faire de toi là-bas ?

— Tu ne peux plus parler, tu le sais, Guy. C'est une manifestation : je pousserai des cris. Vois-tu, en 1920, quand les bolcheviks ont voulu imposer ces vingt et une conditions...

— Ça va... Je vais voir avec Ludovic.

— Appelle Samski aussi ! » cria-t-elle tandis que son fils s'éloignait.

Il s'immobilisa et se retourna lentement vers

elle. « Samski ? Pourquoi ? Samski est en vacances... Qu'est-ce qu'il viendrait faire dans cette histoire ? Non, non, je ne veux pas le déranger... Il a fini tout ce que je lui avais demandé... D'ailleurs il sera là pour le premier de l'An... Mais enfin, pourquoi Samski ?

— Ça fait une éternité que je ne l'ai pas vu, dit Mame avec une soudaine timidité.

— Vendredi, tu l'as vu vendredi... Quatre jours ! Tu perds la tête ? »

Mame remonta sa grande écharpe et se dissimula le visage dedans. Les aiguilles à tricoter lui faisaient une curieuse coiffure de négresse. Elle marmonna : « Je perds autant la tête que je suis dure d'oreille...

— Qu'est-ce que tu dis ?

— Tu vois bien, dit la vieille femme d'une voix plus distincte. C'est toi qui es sourd. »

Quand Guy Saint-Maure revint quelques instants plus tard, il trouva sa mère en pleine excitation. Elle allait et venait à tout petits pas silencieux, se tenait au piano, se rattrapait à sa commode dont elle avait fouillé les tiroirs, ricanait doucement et se dirigeait vers l'armoire normande en chancelant, en trébuchant, en marmonnant, en maugréant contre les chercheurs de tous pays partis à la conquête de l'espace sans penser à elle qui aurait tant aimé rester jusqu'à l'heure de sa mort dans un état de sempiternelle jeunesse, lorsqu'il dit, dans un souffle : « Il n'en est pas question... » La station debout avait réparti tous ses œdèmes des pieds jusqu'aux genoux de Mame, donnant l'impression qu'elle était chaussée de bottes couleur chair, faites d'un matériau un peu flasque. « Disons plutôt que la question reste en suspens, rétorqua paisiblement la vieille femme. Ça fait des jours et des jours que je vous entends brailler, vous gargariser de cette rumeur comme vous vous êtes gargarisés de toutes les horreurs que la bouche des hommes est capable de colporter. Vous avez chuchoté suffisamment fort pour que vos chuchotements me laissent à l'état de veille. Vous vous êtes interrogés tout haut et contredits sur un ton péremptoire. Vous avez douté de vos sources mais pas de ce qui était dit. Vous avez blasphémé et diffamé. Vous avez couvert d'injures une famille qui vous était et vous reste parfaitement inconnue. Et, pour comble de scandale, vous allez prendre le vent que d'autres que vous ont fait tourner et vous allez employer les mêmes termes, la même mauvaise foi, la même énergie à dénoncer le caractère fantasmatique, profondément archaïque de cette rumeur, et encore la même frénésie à vouloir punir d'improbables coupables. Et moi qui ai supporté tout cela comme d'habitude sans dire un mot, je devrais aujourd'hui rester seule, immobile et toujours aussi muette, dans cette maison vide où je crois entendre jour après jour, nuit après nuit, l'écho de vos discours infamants, comme si chaque pièce, chaque couloir, chaque coin de grenier et de dépendances étaient arpentés, avant l'heure, par vos propres fantômes ?... La question reste en suspens... Cette sale odeur de naphtaline me monte à la gorge. Guy ! Quelle tenue vais-je mettre pour la circonstance ? Je te le demande... »

Guy soupira, épuisé. Il sortit un mouchoir de sa poche et s'essuya le front, le crâne, la bouche et les mains. Il s'installa sur une chaise dans la posture du vieillard au seuil de l'éternité de Van Gogh. Il ferma les yeux et entendit sa mère parler longuement de son propre silence et du bavardage de son entourage. Il entendit un bruissement de tissus soyeux, le son des cintres qu'elle arrachait à la tringle et des vêtements qu'elle lançait sur son divan, celui des cartons à chapeaux qui tombaient, le cliquetis des bijoux enroulés les uns aux autres. Puis ce fut le silence. Il releva la tête et resta bouche bée devant Mame qui était revêtue d'une robe blanche, très largement décolletée devant et derrière, dont le corsage était retenu par deux fines bretelles, serrée à la taille par une ceinture qui allait en s'amincissant sur les hanches et était fermée, sur le ventre, par une rose en soie fanée, de la teinte de ces fleurs de céramique que l'on retrouve sur la tombe de quelque aïeul. Autour de son cou décharné, elle avait passé un collier de pierres translucides cerclées d'un vieil argent et disposées les unes sous les autres exactement comme les gouttes de cristal du lustre, selon le même ordre, comme si l'on avait reproduit dans l'espace le triangle appliqué, pointe vers le bas, contre le thorax maigrelet de la vieille Mme Saint-Maure. Elle avait mis des gants de peau clair qui remontaient jusqu'à la moitié de ses bras et avait glissé dessus des bracelets et des bagues énormes, un peu ternes. Sa robe tombait, trop large, juste en dessous des genoux, là où commençaient les bouffissures blanchâtres sillonnées de minuscules vaisseaux violets de ses jambes. Elle penchait un peu la tête sur l'épaule, avec un air intimidé de jeune fille qui se rend à son premier bal. Sur ses nattes était posé un tout petit chapeau dont elle rabattit la voilette piquée de fleurs parme pour dissimuler à son fils les larmes d'émotion qui embuaient son regard. Elle évoquait un personnage si hanté par la vie qu'il aurait choisi, contre tout espoir de repos, de redescendre d'un très vieux tableau, faisant fi du froid, laissant apparentes ses côtes et ses omoplates saillantes, faisant fi du temps passé et des modes.

« Tant qu'à hurler, reprit Mame, je préfère hurler contre les loups, couvrir de ma faible voix le hurlement des loups... »

Guy Saint-Maure allongea ses bras devant lui, les mains à la verticale, comme s'il cherchait à repousser l'assaut de quelque adversaire et, sans changer de posture, il commença à expliquer qu'il était arrivé dans le dos de Ludovic, que celui-ci était en train d'apporter d'imperceptibles retouches à un minuscule décor de carton sur lequel il était courbé comme un alchimiste sur le bouillonnement de ses cornues, qu'il l'avait certes laissé exposer le problème mais n'avait même pas daigné lever les yeux sur lui et ne s'était redressé que pour rincer son pinceau dans un verre d'essence de térébenthine dont l'odeur allait imprégner les draps qui séchaient dans l'ancienne étable, ce qui ne manquerait pas de déclencher un drame domestique ; il ajouta qu'enfin, son propre fils, dont les artères charriaient probablement le sang d'un locataire des rêves de son épouse à lui, mais sûrement pas le sang des Saint-Maure, eux si raisonnablement paresseux et terre à terre, avait haussé les épaules et répondu posément : « Il n'en est pas question.

— J'avais bien remarqué, dit Mame, songeuse, que ce jeune homme apportait à toute chose cette patience propre aux gens sans illusions. Mais s'il t'a répondu, ajouta-t-elle en considérant le visage congestionné de Guy comme elle eût regardé un champ de blé dévasté par un nuage de sauterelles : S'il t'a répondu c'est que tu lui as proposé et non pas ordonné.

— Ordonné ?... Ord... ? Ah oui !... Non, je ne lui ai pas ordonné. Je lui ai demandé si par hasard, ça ne le dérangerait pas trop, étant donné que...

— Ça va », dit Mame. Elle releva sa voilette, se tint bien droite, décharnée et digne sur ses jambes bouffies, et décida avec une énergie désespérée : « Puisque c'est ainsi, puisqu'il n'y a décidément moyen que de compter sur soi-même pour infléchir la volonté de ses enfants puis de ses petits-enfants et bientôt de ses arrière-petits-enfants, puisque tu as laissé un spectre hanter les songes de ton épouse pendant que ton corps plongeait dans le sien et qu'à jamais les pensées de ce jeune garçon nous échapperont alors que nous avions sur elles un légitime droit de regard, en un mot puisque le plus complet désordre et la plus grande anarchie règnent dans cette maison, je m'en vais de ce pas faire ployer ce freluquet sous le joug de mon bon désir. »

Elle s'éloigna, sa grande écharpe de laine sur les épaules. Guy cria : « Mais enfin ! Dans cette tenue ? Il gèle à pierre fendre ! » Quand elle répondit avec hauteur : « Crois-tu qu'à mon âge je ne puisse m'offrir le luxe d'être parfaitement indifférente à la température extérieure ? », elle s'aperçut qu'elle ne voyait à la place des meubles que des volumes un peu grisâtres aux contours incertains, au lieu du sol qu'une nappe de brume sur laquelle elle évoluait avec le même sens de l'équilibre qu'un marin qui débarque à terre après des mois de navigation, et à l'endroit de la fenêtre qu'un rayonnement intense dont elle détourna son regard.

Ludovic n'eut pas besoin de se déplacer. Mame lui fut annoncée par l'odeur de la naphtaline qui lui rappela les malles ouvertes une fois l'hiver achevé et dans lesquelles on rangeait autrefois les vêtements de laine. Quand elle s'immobilisa derrière lui, les deux aiguilles à tricoter s'entrechoquaient encore à une extrémité de l'écharpe, dans le dos de la vieille femme, presque à ras du sol. Il sourit. Pourtant étourdie par l'impression d'avoir longtemps marché à travers un brouillard épais et glacé et sur un sol instable, ce fut d'une voix ferme, tout empreinte de courtoisie, que Mame demanda à son petit-fils s'il n'avait pas froid. Sans attendre sa réponse, elle enchaîna : « Tu as dit qu'il n'en était pas question, or il en est question. Il n'est même question que de cela car j'en ai assez entendu. Aussi installeras-tu mon fauteuil dans ce Dodge dans lequel pas un gueux de ce pays n'oserait plus se déplacer — mais voilà encore un privilège des gens de bien : ils peuvent se donner toutes les apparences de la pauvreté, ils continuent de croire qu'ils ne perdront pas une once de leur distinction. Tu mettras un tabouret pour que j'y pose mes pieds afin que tout l'air dont je suis infiltrée se répartisse également jusque sous mes fesses — je songe à mon confort.

— C'est de l'eau, intervint doucement Ludovic.

— C'est de l'air, te dis-je.

— Et d'où viendrait-il ? demanda le jeune homme en feignant de s'intéresser à son travail.

— Tu le sais bien : j'inspire, j'inspire et j'oublie d'expirer... »

Alors il se retourna. Mame était debout dans l'embrasure de la porte, une épaule et la tête appuyées au chambranle. Dans le contre-jour, elle avait l'allure du spectre d'une femme un peu languide, morte d'amour. Ludovic était abasourdi. La vieille dame profita de son silence dont elle perçut la stupeur à une très légère trémulation de l'air, pour lui dire, sur un ton suppliant : « Il y a si longtemps, vois-tu, que je n'ai pas vécu d'instants présents... » Comme il ne répondait pas, elle se détacha de son cadre lumineux, s'avança vers lui à tout petits pas incertains et il la vit telle qu'elle était, son regard trouble cherchant le sien dans la pénombre, désemparée et superbe, un sourire fragile aux lèvres. Il la prit par la taille sans pouvoir prononcer un mot. Elle lui demanda d'une voix légère, comme si la discussion était close : « Montre-moi donc ce que tu fais, on a bien un petit moment. »

Il l'amena jusqu'aux abreuvoirs qu'il avait recouverts d'une planche de chêne sur laquelle étaient dispersés des maquettes de décor, des dessins, des palettes et des pinceaux, des petits pots de peinture, des verres et des blocs de feuilles multicolores. La vieille Mme Saint-Maure qui ne reconnaissait plus les meubles qu'au toucher, ses familiers qu'au bruit de leurs pas, au son de leur voix ou à leur parfum, elle qui faisait parfois une telle confusion entre les objets et les êtres qu'elle en était arrivée à houspiller le violoncelle comme s'il s'agissait de sa bru, vit alors toutes choses avec une clarté perçante : à l'intérieur du décor qui représentait exactement l'ancienne étable avec ses draps étendus, les mangeoires pleines de toiles d'araignées, les nids abandonnés par les oiseaux et les armoires remplies de réserves alimentaires, elle découvrit une figurine vêtue comme elle-même l'était à cet instant, penchée comme elle-même sur un décor semblable, et ainsi de suite, à l'infini. Lorsqu'elle releva la tête, elle aperçut la marionnette jaune, mollement assise contre le mur derrière la maquette, sans âge ni sexe, et qui semblait attendre avec un air de consentement horrifié qu'on lui donnât quelque sale ouvrage à accomplir. Elle vit enfin, en un éclair, les vêtements de la marionnette émettre un vol de pigeons miniatures, rendus fous par le jeûne, et qui s'évanouirent dans l'atmosphère aussi mystérieusement qu'ils étaient apparus. La vieille dame ferma les yeux. Elle chancela, se serra frileusement contre son petit-fils, répéta : « ... Si longtemps que je n'ai vécu d'instants présents » et Ludovic acquiesça tendrement : « C'est d'accord. » Il rabattit la voilette aux fleurs parme devant les yeux de Mme Saint-Maure.

*

« C'est d'accord », dit aussi Malthusse qui s'était installé en travers de son divan, les jambes à la verticale le long du mur et la tête dans le vide. Il voyait Marguerite à l'envers. Elle marchait de long en large depuis dix bonnes minutes, battait l'air de ses bras comme un volatile aux pattes engluées, pourchassait de ses paroles une suite pour violoncelle de Bach que Victor avait décidé d'étudier en profondeur, se baissait pour rabattre un coin du tapis, le lisser et en retirer quelques touffes de poils qu'elle allait jeter dans la corbeille à papiers. Soudain, elle s'immobilisait, ramassait sur le bureau tous les stylos, les crayons et les gommes qui y traînaient, les rassemblait en soupirant, ouvrait un tiroir et les y rangeait, parlait, fermait une partition, la mettait au-dessus des autres, en faisait un tas dont rien ne devait déborder, comme si l'équilibre du pâté de maisons en dépendait ; elle pliait le pupitre, dévissait son pied télescopique pour réduire le tout à un petit fagot de ferraille, refermait le couvercle du piano et l'époussetait du revers de sa manche, suppliait Victor de venir avec elle à cette réunion où même Arlette Charlet serait accompagnée de son mari... Elle passa outre le hochement de tête négatif de son compagnon, passa outre ses protestations rieuses et distraites, avisa une liasse de feuilles sillonnées de portées vierges et qui risquait de prendre la poussière, la mit dans le placard, s'étonna que la porte de ce même placard continuât de grincer alors qu'elle avait huilé les gonds la semaine dernière, très précisément mardi puisque, le mardi, elle vérifiait le bon état de tout ce qui eût nécessité de gros travaux de menuiserie, de plomberie ou d'électricité. Elle annonça à Victor que pour quatre sections « Femmes » c'était un homme qui avait accepté la responsabilité de délégué, et, tout à coup, elle disparut. Il continua à l'entendre, mais dans un bruit décroissant que vint submerger la musique. Quelques questions fusèrent encore, indistinctes, depuis le couloir.

Dès que Victor, concentré sur la deuxième suite pour violoncelle, ferma les yeux et commença de marquer chaque temps d'une pulsation de sa main, Marguerite revint. Pas une mèche ne s'était désolidarisée de son casque de cheveux noirs pour trahir son agitation, elle ne donnait aucun signe de fatigue et, quand elle reprit son discours, un chiffon et une bombe de cire à la main, elle n'était pas le moins du monde essoufflée. Victor eut une moue admirative. Exceptionnellement, Marguerite portait une jupe. Il s'attacha au mouvement souple du tissu, isola Bach et le doux frottement de la cotonnade contre le nylon des bas, des pulvérisations itératives de cire et du bruit du chiffon. Lorsque enfin la pièce fut rangée et nettoyée, que portes et tiroirs furent refermés dans une saine et honnête odeur d'encaustique, lorsqu'il ne resta plus pour scandaliser Marguerite Malthusse que la posture abandonnée de son mari, elle dit, en fronçant les sourcils : « Je vais manquer de produit pour l'argenterie, or jeudi premier de l'An, tout est fermé, il faudra donc que j'y aille demain avant d'aller chez tes amis les Saint-Maure et je me demande bien quand je vais trouver un moment. » Elle avait l'air si désolée, même à l'envers, que Victor pensa qu'elle réitérait sa prière de tout à l'heure. Alors il dit : « C'est d'accord !... C'est d'accord : je t'accompagne à cette réunion », en songeant qu'il aurait un mal infini à dissimuler l'émotion que ne manquerait de provoquer la seule présence, dans la même salle, de la petite Mme Suzini.

*

Quand Jean-Pierre Suzini se rendit au commissariat, il passa par le magasin et salua sa fille assise à la place de Millie comme s'il s'agissait d'une nouvelle employée. Il appela Sylvia Faure : « Vous direz à Mme Suzini qui est sortie que je ne rentrerai pas déjeuner. Qu'elle me retrouve à quinze heures à la réunion » Ce ne fut qu'une fois assis sur le banc parmi une foule de plaignants, de suspects et d'agents en uniforme qu'il se dit : « Mais !... C'était Nine ! » qui ne lui avait pas adressé un mot depuis vendredi soir et ne lui avait accordé aucun regard. Dans la même attente il s'aperçut que non seulement la porte du magasin s'était ouverte puis refermée sans émettre ses quatre notes obsédantes, mais que la mention « ET FILS » avait été grattée. Il n'en éprouva rien. Tout en lui — indignation, colère, jusqu'au plus petit étonnement — était vaincu par une immense fatigue. Le téléphone avait sonné, Millie avait répondu puis avait attrapé son manteau en disant : « Je sors ! » Elle avait un air de bonheur dont il savait qu'il n'était pas responsable. Et ce fut après s'être fait cette réflexion : « Je n'en suis pas responsable », sur le visage épanoui et la soudaine fébrilité de Millie, qu'il décida de revoir l'inspecteur Delvaux. Mais il ne savait pas ce qu'il allait lui dire. Il n'était qu'un grand corps épuisé dont la beauté, enfin, avait un caractère d'humanité. Dans sa folie, la rumeur s'était abattue sur trois autres magasins de la ville et ça aussi lui était égal. Une seule chose éveillait encore en lui une lueur d'intérêt : il se sentait vaincu et c'était en cette qualité d'homme vaincu que, pour la première fois, il ne se voulait aucun mal. Pour se rendre au commissariat, il s'était même chaudement couvert. Qu'aurait-il eu besoin de lutter contre le froid ?

Lorsqu'on appela : « Suzini, Jean-Pierre ! » il contemplait le segment de latte de plancher délimité par ses deux pieds avec autant d'attention que s'il devait de mémoire en reproduire les moindres détails. Il ne réagit pas immédiatement. Après un bref temps de latence, il sursauta et faillit répondre « Présent ! » comme s'il était retombé en âge scolaire.

Le bureau de Delvaux était surchauffé. Il y flottait une odeur de tabac et de renfermé presque irrespirable. Jean-Pierre Suzini s'installa dans un fauteuil qu'on lui désigna. En proie à une incontrôlable timidité, il n'osa se débarrasser de son manteau et commença à transpirer. Puis l'inspecteur au visage souffreteux arriva par une porte latérale qu'il ouvrit brusquement et sur le seuil de laquelle il se tint un moment, sans bouger. Suzini pensa que Delvaux venait en réalité de quitter son bureau, qu'il l'avait observé pendant quelques instants puis était entré ainsi, et qu'il devait faire ce cinéma à tout le monde. Mais cela aussi lui était égal. Il esquissa un mouvement mais l'homme l'arrêta d'un geste : « Je vous en prie. Ne vous dérangez pas », dit-il.

Delvaux ne s'était pas dévêtu. Il contempla Suzini sans parler. Il regardait un œil puis l'autre, de nouveau le droit, le gauche, de ses yeux fureteurs, perçants. Il s'attarda sur les gouttes de sueur qui perlaient sur le front de son vis-à-vis. Il lui dit alors, de sa voix doucement étonnée : « Vous avez chaud ? Vous pouvez prendre vos aises. »

Jean-Pierre Suzini ne bougea pas. Il réentendait : « ... prendre vos aises, vos aises... » et semblait se demander à quel état, à quelle sensation particulière pouvait correspondre cette expression. Il croisa ses jambes. Delvaux ouvrit le tiroir central de son bureau et demanda brusquement, la voix transformée, la diction rapide, s'il connaissait un certain Samski Vincent, profession libérale, de la famille des charbonnages Coste, le fils Samski Coste, qui dirigeait maintenant un bureau de gestion agréé quai Cypierre, si cet homme avait quelque raison de lui en vouloir, personnellement à lui, Suzini Jean-Pierre et si, pour le cas où ils auraient eu un différend, de quelque nature que fût ce différend, il était aujourd'hui disposé à le lui révéler. Jean-Pierre Suzini s'était lentement décollé du dossier. Son buste haut se balançant imperceptiblement, le visage hagard, il fixait l'ampoule éteinte de la lampe du bureau et cherchait à compléter les lettres qui s'étaient effacées. Il voyait latéralement une feuille que Delvaux brandissait et avec laquelle il semblait s'éventer. Il répondit : « Non » à une question dont il perçut l'intonation à défaut d'en comprendre les termes.

Puis il précisa : « Samski, non, vraiment, jamais vu, jamais entendu parler.

— Parce que c'est votre coupable. J'ai votre coupable. C'est du moins ce qu'il m'a écrit », poursuivait Delvaux.

Suzini s'installait maintenant tout au bord du fauteuil et s'appuyait au bureau, le regard toujours rivé sur l'ampoule électrique.

« J'ai votre coupable, répéta l'inspecteur Delvaux. Cou-pa-ble. N'est-ce pas ce que vous vouliez ?

— X, dit soudain Suzini en se redressant. Je ne veux pas le savoir. X, c'est ça. Je suis venu pour ça. C'est mieux. »

Ils se turent un long moment.

« C'est mieux effectivement, d'autant que... » Et Delvaux s'interrompit.

« D'autant que ?

— Rien. Nous allons consigner tout ça.

— Suzini Jean-Pierre, commença-t-il à débiter. Né le...

— Ça va, ça va, dit doucement l'inspecteur Delvaux. Puis il considéra la lettre qu'il tenait dans sa main et ajouta, songeur : « ... Coupable, c'est ce qu'il a écrit. Coupable de tout. C'était trop. C'est pour ça. » Il hocha la tête et Jean-Pierre Suzini qui le regardait sans comprendre eut la même moue consternée. Il dit : « X, c'est mieux.

— C'est mieux, plus proche de la vérité.

— X, c'est tous, même moi.

— Même vous, même moi...

— Encore cette réunion et après c'est fini.

— C'est ça.

— Je... je ne savais pas pourquoi je venais, mais je venais pour ça. J'aurais mieux fait d'accepter dès le début. Je... Je suis désolé.

— De rien, je vous en prie. Cette fois, vous vous tracassez pour rien du tout. Et puis, il n'y aurait pas eu cette réunion. Bien des gens vont y briller. Ça les aurait privés d'y briller. »

Il eut un rire moqueur puis il souffla sur ses doigts pour les réchauffer.

*

Agglutinés devant le buffet comme ils l'avaient été, la veille, en face des orateurs, les hôtes de la famille Saint-Maure reparlaient de la réunion et, notamment, de la prestation d'Arlette Charlet. « Au fait ? s'étonnèrent-ils en regardant de tous côtés. Elle n'est pas là ? » Lorsque enfin la femme arriva, avec un retard calculé, et qu'elle s'immobilisa sous le lustre, chacun eut l'impression que cette architecture de cristal allait s'abaisser lentement pour se poser sur son crâne. Comme pour donner le signal de ce couronnement à quelque machiniste dissimulé au-dessus de leur tête, les convives accueillirent Mme Charlet par un concert de félicitations auquel se mêla même Marguerite, un sourire défait aux lèvres, les muscles du visage endoloris par l'effort et les doigts crispés sur la manche de Victor. Les deux amies se dévisagèrent.

La journaliste jeta alors sur la femme de Malthusse ce regard de mépris amusé qu'aurait lancé un antiquaire au brocanteur auquel il eût acheté, à bas prix, un meuble de grande valeur.

Marguerite se revit la veille dans la salle de la mairie, à l'instant où, son intervention maladroite, hésitante, juste achevée, elle s'était assise en rougissant. Arlette lui avait chuchoté : « Ma pauvre... La timidité te fait bégayer. Ça n'est pas avec ça qu'on défend les bonnes causes... » Puis, un air de triomphe prémonitoire sur le visage, elle avait pris la parole à son tour et ravi ainsi, à sa meilleure amie, la présidence du mouvement féministe de la ville, le secrétariat du Planning familial, la considération des membres du groupe et celle des orateurs précédents. Chacune de ses phrases, transportée par un timbre de voix chaud et dramatique, avait semblé, en outre, diffuser un parfum sensuel, irrésistible, et ce fut à ce parfum que Mame, la première, identifia la nouvelle venue.

« Pff ! Pff ! dit-elle en entendant les invités acclamer Arlette Charlet. Elle n'a pourtant rien dit de plus que les autres. Elle n'a fait qu'orner les choses... » La petite Caroline, accroupie à ses pieds, rassembla les pelotes de laine qui s'étaient emmêlées lors de la réunion de la veille, et abonda dans le sens de son arrière-grand-mère en hochant la tête. « ... Je m'étonne qu'ils se laissent encore abuser », poursuivait la vieille Mme Saint-Maure. Et elle se demanda si l'intelligence de chacun n'était pas à l'image de ce qu'elle-même voyait de l'assistance, réduite, aujourd'hui comme hier, à une masse de couleurs toutes confondues. Caroline lui fit remarquer qu'elle avait la voix éraillée.

« Ça n'est pas tant d'avoir crié que d'avoir voulu crier davantage », expliqua-t-elle à l'enfant en lui caressant la figure du bout des doigts pour s'en remémorer les traits. Elle haussa les épaules. Elle chercha éperdument à distinguer ne fût-ce qu'une forme humaine dans le tourbillon de teintes qui s'agitait devant elle. « Vois-tu Samski ? » demanda-t-elle soudain. Mais elle répondit aussitôt : « Non. Je l'aurais entendu venir. Je l'aurais entendu et reconnu, même dans ce brouhaha... Donc, ce ne sont pas les cris que j'ai poussés mais ceux qui sont restés en travers de ma gorge, les uns derrière les autres, se chevauchant à moitié, comme les wagons d'un train qui déraille sous un tunnel. D'ailleurs, regarde ! »

Elle ouvrit la bouche et se pencha sur Caroline qui dit en riant doucement : « Bien sûr que je les vois ! Comment vas-tu faire ? — Au point où j'en suis, on peut les laisser là. » Elle sursauta, sentit une odeur d'encaustique et tendit sa main dans la direction de Marguerite Malthusse qui venait la saluer. Elle murmura, de sa voix presque inaudible : « La générosité... La générosité, quand elle n'est pas assortie d'une formidable volonté de pouvoir... Mais que vouliez-vous qu'ils en fassent ? Innocente... C'est à désespérer même de l'innocence... » Marguerite s'éloigna sans avoir rien compris. La vieille femme tendit l'oreille et poursuivit, à l'adresse de Caroline : « Écoute-les bavarder, bavarder. Dans ce que tu entendras, il y a encore toute la chair, toute l'ossature, tout l'esprit de la rumeur, tout ce qu'il faut pour qu'elle resurgisse, car ceux qui fêtent aujourd'hui son enterrement n'ont pas songé à l'ensevelir au fond d'eux-mêmes et ils ne l'enfouiront d'ailleurs, ici et là, jamais assez profondément. » Et elle parla longuement de l'inutilité de parler.

Elle ne s'interrompit pas lorsqu'elle sentit qu'une ombre gigantesque et froide se détachait du corps des convives et s'avançait vers elle, lui cachant la lumière comme une masse de nuages qui s'agglutine devant le soleil. Elle frissonna et continua à parler de la nécessité du silence, tandis que Jean-Pierre Suzini s'inclinait devant elle, prétendait ne l'avoir pas vue plus tôt et la remerciait de les avoir conviés, sa famille et lui-même, à fêter le Nouvel An en leur compagnie. Elle se contenta de sourire en serrant la main de Caroline et s'aperçut de la disparition de cet inconnu quand la lumière, le bruit et la chaleur réinvestirent le fauteuil dans lequel, à mille lieues de l'insaisissable réalité, elle poursuivait son discours.

Lorsqu'il entendit affirmer que cette histoire était une aubaine pour les commerçants à qui elle allait faire de la publicité — « à croire qu'ils ont monté le coup eux-mêmes » —, Jean-Pierre Suzini alla s'asseoir derrière le buffet, à côté d'un homme passablement ivre qui contemplait, dans son verre, un serpentin à demi déroulé et qui déteignait. Ils avaient l'un et l'autre l'allure de ces parasites qui disent à la famille du marié qu'ils sont amis de la jeune mariée, et réciproquement, et qu'on retrouve à toutes les réceptions, aussi solitaires et désemparés que s'ils étaient restés dehors, à errer par les rues désertes. Suzini resta là jusqu'à la fin de la soirée, à se demander ce qui avait bien pu changer dans le cours de son existence, dans le visage et les manières de Millie, dans l'attitude de sa fille, dans celle du propriétaire des chevaux, dans celle du gardien du cimetière... Puis, au fur et à mesure qu'il buvait, il se demandait quelle question avait bien pu le torturer l'instant précédent. Plus tard il ne se souvint plus de l'endroit où il se trouvait. Enfin, il oublia jusqu'à son nom. Il eut rapidement cette mine lamentable des fêtards que les éboueurs trouvent au petit matin adossés à une grande poubelle grise, ni éveillés ni endormis, avec, sur le visage, cet air de dignité outragée du cadavre qui userait d'un résidu de conscience pour protester contre l'humidité régnant dans sa sépulture.

Nine vint une dizaine de fois lui essuyer le front sans réussir à le sortir de sa torpeur. « Il était comme ça hier aussi, lui dit Ludovic. Au premier rang, avec les autres commerçants... Il ne regardait nulle part. Ça l'a réduit à néant, mais c'est normal...

— C'est normal, dit Nine. Il a été exclu lundi du club équestre. Or il n'aime que les chevaux. »

Comme elle s'appuyait au bras du jeune homme, Geneviève Saint-Maure se pencha sur sa belle-mère et lui murmura : « Vous avez vu la fille des Suzini ? Elle a déjà mis le grappin sur Ludovic. Tout comme son père... » Élisabeth expliquait à un de leurs amis que son mari avait été appelé à la rescousse pour représenter la profession à la réunion de la veille, et apporter sa caution pour défendre ces commerçants. « Mais à ses risques et périls, précisa-t-elle, car, après tout, ils sont dans cette ville depuis si peu de temps, quelles garanties avons-nous, n'est-ce pas ?... Il a suffi que Guy soit là, et signe les pétitions... » Son interlocuteur l'approuva distraitement et suivit les évolutions de Marguerite Malthusse qui dansait, devant lui, dans un gracieux mouvement de robe pastel. Mme Saint-Maure fronça les sourcils en voyant son plus jeune fils sortir de la pièce en compagnie de Nine Suzini. « ... On ne sait pas du tout qui ils sont, finalement », poursuivit-elle pour elle-même.

« Je vais te montrer où en sont les marionnettes », dit Ludovic en se dirigeant vers les dépendances. Comme la lumière ne fonctionnait plus, il laissa la jeune fille dans les anciennes étables et rebroussa chemin pour aller chercher une lampe. Nine avança dans l'obscurité en touchant les draps étendus du bout des doigts. Elle passa derrière eux et en caressa l'envers, en respirant l'odeur de cassonade qui se dégageait des armoires pleines de réserves alimentaires. Comme elle n'avait cessé de le faire depuis l'heure de son arrivée chez les Saint-Maure, elle retenait son souffle et guettait le bruit de la voiture de Vincent Samski. Elle se dit en avançant doucement entre deux rangées de draps, sans rien voir, sans rien sentir d'elle-même que la très légère rugosité du coton sur sa peau, que, pour lui retirer Vincent de l'esprit, il faudrait ouvrir sa boîte crânienne, en extraire son cerveau, le déposer sur une paillasse et se livrer sur lui à ce méticuleux nettoyage auquel procèdent les bouchers sur les cervelles d'animaux. Elle rit doucement et se dit que cela ne suffirait pas car elle avait si clairement imaginé qu'il la caressait, se couchait sur elle, explorait les régions jamais pénétrées de son corps, qu'il aurait fallu la débarrasser de la moindre parcelle de sa peau, de sa bouche, de son sexe, la déloger de sa personne entière, la priver de respiration, l'empêcher de vivre. Elle fut gagnée par un fou rire silencieux, irrépressible, parce qu'elle pensait que ça ne suffirait pas encore, que le fantôme du fantôme de son fantôme aurait sûrement l'esprit tout encombré de l'image de Vincent Samski. Elle riait toujours, en émettant de tout petits bruits de gorge quand, tout à coup, elle buta contre le panier à linge posé en travers de l'allée, tenta de se rattraper à une masse sombre qu'elle venait d'apercevoir et trébucha avec son appui de fortune qui se démantela dans un son curieux, comme s'il pleuvait des baguettes de bois creux sur la peau d'un tambour.

« Qu'est-ce que c'est ? s'écria Ludovic qui accourait avec sa lampe.

— Lou, répondit Nine d'une voix lointaine, étouffée par les deux épaisseurs de draps. Elle est cassée. »

Nine était accroupie et contemplait les morceaux de la marionnette éparpillés sur le sol, un à un, calmement, avec l'expression détachée et compétente d'un expert à qui l'on a demandé d'évaluer au plus près le montant des dégâts causés par une implosion.

Ludovic était debout, muet, consterné.

« C'est foutu, dit-il enfin.

— Il va falloir recoller les morceaux, rétorqua Nine sur un ton résolu.

— Trop difficile.

— Il va falloir recoller les morceaux », répéta-t-elle, opiniâtre.

Quand ils retournèrent dans la salle où la fête battait son plein, Henri Saint-Maure était penché sur ses disques et se demandait, des signes d'indicible souffrance sur le visage, une boule de sarbacane coincée dans le col de son costume, dans quel ordre il allait les faire passer. Il tournait et retournait les pochettes, les mélangeait comme s'il avait entre les mains un gigantesque jeu de cartes. Finalement, il s'en remit au hasard et enfila une pile sur le pylône central en regardant se mouvoir le bras automatique et en se disant qu'en quelque endroit et à quelque moment qu'il s'affaissât pour la dernière fois, il ne laisserait là que le corps même du doute, une ultime interrogation et des papiers d'identité. Il s'approcha de Nine Suzini dont les proportions le rassuraient et il lui tendit la main. La jeune fille était adossée au mur et contemplait Millie, en souriant. Attirés par l'air inoffensif et la sensualité distraite de Mme Suzini, les hommes se disputaient sa compagnie et elle passait d'un cavalier à un autre, son chignon banane couvert de confetti, et elle dansait et dansait, sans se départir de son expression de bonheur innocent. Lorsqu'on lui disait : « Ça a dû être terrible pour vous, cette histoire... », elle faisait un effort de mémoire, regardait la figure correspondant aux bras qui entouraient son corps, avait le même froncement des sourcils, le même regard compatissant et répétait : « Terrible, terrible !... »

Puis Nine vit Henri Saint-Maure ; elle sursauta et lui murmura quelques excuses. Elle eut une curieuse manière de répondre à son invitation : elle fit non de la tête mais elle se décolla du mur et resta un moment ainsi, le crâne et les talons en contact avec la cloison, le corps cambré, tendu comme un arc vers lui, vers la pièce au centre de laquelle on avait aménagé une piste de danse, ou vers tout autre endroit d'ailleurs, car elle sembla indiquer d'un haussement d'épaules involontaire, que tout ceci lui était indifférent, que ça n'était pas ce qu'elle attendait. A la fois non et oui, parce qu'elle accepta finalement, de même que, privée de café, elle en eût accepté un succédané.

Tournoyant parmi les couples, à demi étouffée

par les confetti, les serpentins, qui lui semblaient s'être collés à sa langue comme autant de désirs, de sentiments inexprimables, elle entendit alors Élisabeth Saint-Maure dire à la cantonade qu'elle n'avait jamais cru un mot de cette rumeur : « Nous l'avons appris de la bouche de cette petite Isabelle Samski, la fille de ces... charbonniers, vous savez ? Vous pensez bien que si cela avait été vrai, nous en aurions été informés avant eux... » Et la femme s'interrompit brusquement, porta les doigts à son visage et demanda, la voix anxieuse : « Mais au fait ? Où est-il ce diable d'homme ? » Ce fut Henri qui répondit, en se penchant sur l'oreille de Nine : « Il ne viendra plus. Il est toujours si ponctuel.

— Non ? demanda Nine.

— Non, dit-il fermement, comme si c'était là la seule certitude qu'il eût jamais.

— Il a le droit. »

Immobilisée au milieu d'un petit cercle d'amis, Mme Saint-Maure se hissa sur la pointe des pieds, chercha son mari des yeux et, l'apercevant à l'autre extrémité de la salle, elle l'appela : « Guy ! Guy ! Sais-tu où est passé ?... »

Mais Guy Saint-Maure n'entendait rien. Il y avait chez lui un tel tintamarre qu'il ne percevait pas plus de bruit singulier, de phrase intelligible, que s'il avait régné autour de lui le plus profond silence. Il vit Élisabeth et répondit à ce qu'il prit pour un signe d'amitié, de vieille complicité amoureuse, en levant bien haut sa coupe de champagne. Sa femme disparut. Il se sentit si seul qu'il fut tenté de s'adresser à n'importe lequel de ses hôtes et de lui confier ce qu'il avait appris la veille, tard dans la soirée, quand il avait téléphoné une deuxième fois chez Vincent Samski. Debout dans l'entrée, appuyé d'une main à l'un des triangles laissés dans l'ombre de la nature morte, il continua pourtant de saluer d'un hochement de tête ceux qui lui souriaient avant de se frayer un passage jusqu'au buffet. A un commerçant qui le remerciait de son intervention, il dit : « Je vous en prie, ce fut un plaisir pour moi aussi. C'est un tel plaisir que de pouvoir se rendre utile... » Puis il se tut car l'homme s'éloignait déjà pour rejoindre la petite foule des danseurs. Et il resta là, à contempler les couples qui évoluaient dans l'embrasure de la porte. Il eut l'impression que le vacarme montait, montait, avec la fumée, les parfums, jusqu'au lustre dont le tintement léger n'avait plus aucune chance d'être perceptible. « Attirer n'importe qui : celui-ci qui sera trop éméché pour écouter... tant il est facile de se livrer à un interlocuteur inattentif... », pensait-il. Il lui répéterait ce que lui avait dit le médecin légiste, sur le même ton détaché : « Oui... deux heures, deux heures et demie... Et il a dû absorber les barbituriques encore deux ou trois heures plus tôt... C'est ça : environ ce temps-là avant que la mort ne se déclare, c'est ce qu'il faut compter. Il est grand. Maigre mais grand. »

Guy Saint-Maure ne réussit pas à sourire en

voyant Mame encourager les danseurs comme elle avait, la veille, encouragé les orateurs. Infatigable, elle se dressait sur ses jambes, brusquement, poussait des cris de jubilation et tapait dans ses mains. Puis elle s'affalait sur son siège, reprenait son souffle, la tête un peu penchée sur l'épaule, dans la posture de la poupée de Caroline, et elle recommençait. Il perdit sa mère de vue au moment où Arlette Charlet fit déplacer le fauteuil de la vieille femme, qui la gênait pour danser tout à son aise. Il repoussa doucement Marguerite Malthusse qui, un sourire timide aux lèvres, voulait l'entraîner dans une farandole qui se composait là, à quelques pas de lui : un homme, une femme, une femme plus ronde, un homme hilare, un chapeau sur la tête, et Élisabeth. « Ah ! Élisabeth ! » commença-t-il, tandis qu'elle criait : « Guy ! Guy ! Sais-tu où ?... » avant d'éclater de rire et d'être poussée plus loin par un autre homme, une autre femme, une jeune fille...

Il se mordit la lèvre inférieure.

Quand il l'avait appelé sur les instances de Mame, avant de partir à la réunion, Vincent Samski avait donc déjà tout avalé ou, en tout cas, tout préparé. Et il n'avait rien dit. Au téléphone, il avait répondu, avec sa politesse toujours un peu ironique, légèrement affectée : « Non, vraiment, je suis désolé. Vous voudrez bien excuser mon absence à la réunion. Je suis fatigué aujourd'hui... Ah !... Pour demain aussi ?... Vous allez me trouver bien cavalier mais... est-ce que demain, il ne sera pas toujours temps ? » Et Guy Saint-Maure l'avait rassuré, lui disant que demain, il serait toujours temps.

Quand les douze coups de minuit sonnèrent, aussitôt suivis de cris de joie, les convives s'embrassèrent. Victor serra Millie contre lui. Elle était tiède, d'une tendresse qui lui parut chargée de promesses. Il la regarda, se pencha sur elle. Un fugitif instant, ils eurent le même visage, empreint d'un plaisir insouciant. Un peu plus loin, Jean-Pierre Suzini faisait de vains efforts pour se relever. Son voisin le considéra avec un air hagard puis il l'aida. Suzini le tira de son siège. Enfin debout, se soutenant mutuellement, ils tombèrent dans les bras l'un de l'autre pour saluer la nouvelle année. Henri se passa les mains dans les cheveux, se frotta le menton, perplexe. Soudain ses traits s'illuminèrent. Il prit Geneviève par les aisselles, la souleva et la fit tournoyer en lui arrachant un rire de surprise.

Guy Saint-Maure se resservit à boire. Il se demanda si Vincent Samski n'avait pas perdu connaissance au moment même où s'ouvrait le débat, dans la salle de la mairie. « Oui, oui, c'est probablement ça, murmura-t-il en remuant le champagne avec son index. Il avait dû s'enfoncer peu à peu dans le coma, se plonger lui-même et plonger le monde dans l'ignorance absolue de ce qui était en train de s'accomplir. »

Nine Suzini s'approcha de lui, sourit, lui souhaita une bonne année. Puis elle lui demanda de sa voix plate si Vincent Samski viendrait ce soir.

« On verra ça demain. Demain, il sera toujours temps.

— On est déjà demain.

— C'est vrai », répondit Guy Saint-Maure. Il ajouta simplement : « Non. Il ne viendra pas. » Elle hocha la tête en silence, comme pour dire : « Ça va. J'ai compris. Ça suffit. » Elle s'installa de l'autre côté de l'embrasure de la porte. Immobile comme lui, appuyée d'une main au mur opposé, elle regarda les couleurs de la fête se réfracter dans les gouttes du lustre, qui remuaient, remuaient sans relâche, dans un tintement inaudible.

Puis les portes de la salle s'étaient refermées.

Il avait dû s'éteindre tout doucement, tout doucement, le dos de sa main droite devant ses yeux, dans la posture d'un homme qui fait sa sieste devant ses volets ouverts et qu'a ébloui, d'abord, la pleine lumière de midi. Son bras gauche avait glissé et s'était balancé, les doigts effleurant le parquet, avant de s'immobiliser, de se raidir, tandis que, le démenti circulant, la rumeur commençait de se retirer, tel un fleuve qui retourne à son lit après la crue parce qu'il n'est plus alimenté dans ses débordements ni par la pluie ni, en amont, par la fonte des glaciers et des neiges.

DU MÊME AUTEUR

Aux Éditions Gallimard

LE TOUR DU DOMAINE, *roman.*

CHARENTE-MARITIME.

UNE RUMEUR, *roman.*

LE RETOUR DE JULIE FARNÈSE, *roman.*

PARTIE DE CHASSE AU BORD DE LA MER, *nouvelles.*

LA VEUVE LUCAS S'EST ASSISE, *roman.*

LE PASSEUR DE LOIRE, *récit.*

TROIS GARDIENNES, *récits*, Prix Goncourt de la nouvelle, 1992.

UN GESTE EN DENTELLE, *roman.*

Aux Éditions Robert Laffont

CLARA SCHUMANN, *biographie.*

Aux Éditions Actes Sud

Stanislav Stratiev, LA VIE BIEN QU'ELLE SOIT COURTE, *adaptation.*

Composition Eurocomposition
Impression S.E.P.C. à Saint-Amand (Cher),
le 24 janvier 1994.
Dépôt légal : janvier 1994.
Numéro d'imprimeur : 266.
ISBN 2-07-038847-6./Imprimé en France.

66693